五朵雪莲花

女性视角下的人生

何 英◎主编

新疆美术摄影出版社

图书在版编目(CIP)数据

女性视角下的人生 / 何英主编. -- 乌鲁木齐：新疆美术摄影出版社, 2014.12

（五朵雪莲花丛书. 第3辑）

ISBN 978-7-5469-6166-8

Ⅰ. ①女… Ⅱ. ①何… Ⅲ. ①散文集-中国-当代 Ⅳ. ①I267

中国版本图书馆 CIP 数据核字(2015)第 008172 号

选题策划：于文胜　　版式设计：党　红

责任编辑：郑红梅　　责任复审：王英强

责任校对：郑红梅　　责任决审：于文胜

封面设计：党　红　　责任印制：刘伟煜

书　名　五朵雪莲花·女性视角下的人生

主　编　何　英

出　版　新疆美术摄影出版社（www.xjdzyx.com）

地　址　乌鲁木齐市经济技术开发区科技园路5号（邮编 830026）

发　行　全国新华书店

网　购　当当网、京东商城、亚马逊、淘宝网、天猫、读读网、淘宝网·新疆旅游书店

制　版　新疆读读精品网络出版有限公司数字印务中心

印　刷　北京新华印刷有限公司

开　本　880 mm×1 230 mm　1/32

印　张　8.5

字　数　107千字

版　次　2014年12月第1版

印　次　2015年9月第1次印刷

书　号　ISBN 978-7-5469-6166-8

定　价　25.00元

网络出版　读读网（www.dudu-book365.com）

网络书店　淘宝网·新疆旅游书店（http://shop67841187.taobao.com）

五朵雪莲花·人生

目录

目录

目录

徐丽萍，汉族，新疆作家协会会员、兵团作家协会会员、石河子作家协会副主席。在《诗刊》等报刊杂志发表过诗歌、散文数百篇，并有作品获奖。新疆兵团签约作家。现为《绿风》诗刊副主编、《石河子文艺》杂志副主编。出版诗集《目光的海岸》《吹落在时光里的麦穗》，出版散文集《升腾与绽放》。

徐丽萍

爱情的魔咒

人生的苦役

人生多像一场做不完的苦役啊！我们拼尽力气在拉磨，时间就像雪白的面粉在磨盘下被粉碎掉，我们在时间的粉末里过完自己即将烟消云散的一生。

多么可怕的命运啊！从我们出生到我们住进坟墓，上帝都把我们禁锢在他魔鬼般的磨坊里做奴役，从那时候起，我们就注定了带着镣铐行走。

多么羡慕鸟类，上帝赐予它们翅膀让它们自由飞翔，可以抵达我们无法企及的高度；多么羡慕兽类，上帝赐予它们凶悍的力量，它们可以纵横驰骋、笑傲山林。而上帝赐予了人类超凡的智慧，结果人类以此自相残杀，毁坏我们生存的领地。

那些背负在我们身上的无形枷锁，成了我们身体的一部分，它有时像疾病，让我们感到钻心的疼痛，但没有人能解除上帝的魔咒。

我们赤着脚，穿着褴褛的衣裳，在磨坊里忙碌着。我们唱歌，是为了忘记那些堆积在我们眼前的劳累和饥饿；我们微笑，是为了把那些苦难变成生活的经验与动力；我们奔跑，是为了尽早地抵达那些生命的开阔与敞亮。

时间的粉末四溅飞扬，看清看不清的日子像齿轮咬合着我们的神经，除了一心一意地拉磨，我们没有更好的出路。

拉磨是一件苦差事，但也能把它拉出乐趣。比如我们在拉磨的时候让我们的想象长出翅膀，让心灵出去自由飞翔、享受阳光，肉体的苦役永远禁锢不了精神世界的无限风光。

是的，我们的心是一座宝藏，那里有取之不竭的旖旎风光、珍稀宝藏，那些奇花异果、飞禽走兽在失乐园里悠游自在地生活，而我们一定是精灵，有着迷人的蓝色皮肤、妙曼的身姿、通透的翅膀和一对粉红色的尖耳朵，散发出醉人的芬芳。

我们不是我们，那个匍匐在地上的沉重的肉身只是我们寄居的躯壳，我们是轻盈的，没有任何力量能够控制我们的思想、左右我们的意志。我们的心灵在不断成长，它们都有自己的方向。

乌鸦抖动它的黑披风，在枯萎的树干上空久久盘旋，是上帝派它们来看守我们的吗？它们常常会胡乱地把不祥的预言从空中抛下，落在人类的头顶，让我们遭遇灾祸。

是啊！我们的兄弟姐妹在磨坊里结束了自己短短的生命，我们把逝去的亲人埋葬在心里，那儿就是我们精神的故乡。

我们无法摆脱上帝对我们躯体的摆布和愚弄，那些没完没了的生老病死纠缠着我们，那些用心险恶的宿命埋伏在我们周围，但上帝忘记了我们有两重心，一颗在天上，一颗在凡尘。

让我们的身体去受罪吧！如果这样能让我们的灵魂得到救赎，也是值得的。

人生多像一场做不完的苦役啊！我们拼尽力气在拉磨、拉磨，是为了在有限的一生里磨掉别人几倍的人生，是为了在自己即将灰飞烟灭的一刻，深情回望自己的人生，说多么完美的旅程！

文字的精灵 |

我想我天生和这些方方正正、规规矩矩的小精灵们有缘，虽然，它们的年龄要远远超过我，可是这些通透的小精灵依然保持着旺盛的生命力和一张张新鲜的面容，我真是感到奇怪，它们竟然不随着时间衰老，而像是服用了长生不老丹，在时光之河随意穿越，永放光彩。

我很小的时候，就被这些小家伙们迷住了，我爱写字，在那些绿色田字格的本子上写呀写，感觉像一个农民在田野上劳作，能倾听鸟语，能闻到草香，美妙的感觉总像是一场梦。那时候本子多么珍贵，我总是把写满字的本子用橡皮擦掉，又重新开始写，可是在一片乌云密布的本子上书写和绿色原野的田字格上感觉相去甚远，但我依旧乐此不疲。

写字能给我带来莫名其妙的快感，我很享受专心致志写字的过程。

到我上四年级的时候，我发现了一种能让我自己飞起来的办法，那就是写作文。我发现这些小精灵在无序的飞翔中，如果被我抓住，拴上绳子，那么它们就再也逃不掉了，而且它们能带着我去飞翔。

我对它们的迷恋，使它们愿意帮我的忙，我写作文的时候，常常感觉灵魂出窍，这些小精灵把我带到了另一个鸟语花香的地方，可作文一写完，它们就把我从那个梦一样的地方扔了出来，回到现实。虽然有点失落，但还是为那样一次心灵的旅行而感到快乐无比。

我永远记得这些小精灵带给我的好，四年级时，我的一篇作文被老师在连队小学当成范文读来读去，当我上初中时，我们连队上四年级的孩子回来告诉我，老师还在读我的那篇作文。

我现在还能记得那篇作文的大概内容，我并没有感觉那篇小作文有什么高明之处，因为当时我还没有逮到那些华丽的、会飞的词语，它们又像是一位长者安抚我的伤痛。

这些文字是我成长的缩影，也是我心灵的写照，虽然它像一面镜子只能照出很小的一部分面容，但是却能映射出那些阴影的部分。

每一首诗都是在记忆时光,记忆那些波光闪耀的爱情的幻影,记忆历史的沧桑。

多少年过去了,我依然故我,蜗牛一样的速度在前行着,我不愿意责备我自己的笨拙,我不是鹰,也成就不了鹰的辉煌。我只是一只蜗牛,一只努力地释放自己能量的蜗牛。我不羡慕别人的荣耀与天资,我只要尽力成为我自己就足够了,即使一生都默默无闻。

诗歌总是用它的品格来净化我,让我如沐春风,常常沉浸在一首诗小小的幸福里,久久不愿离去。

诗歌是我生活的一面镜子,我看见了那些隐藏在镜子里更多的事物,它们成了我诗的背景,不停地变幻它自身的内涵和空间,成为我无法控制的一部分,也成为诗冒险的一部分。

这些诗歌它们潜伏在我一生的路途上,不时地闪耀它们华美的薄翼,牵引着我度过了那些大大小小的灾难。

我的诗里有很多别人看不见的泪水和艰辛,也有很多别人难以理解的部分,但我相信有人会懂我。

诗是我生活的一面镜子,只要我一息尚存,那么我还是要追梦,直到我们相拥着离去。那时候,我会说,诗歌点燃了我的生命,也拯救了我的灵魂,感谢有这样浸透着诗的馨香与意味的人生。

沉　寂

也许，人的命运注定就像一朵雪花，从空中坠落下来，带着惴惴不安的心情，漫无目的地飘着，也不知道要飘多久，又要飘到哪儿去。

也许，某一天雪花在一个角落安静下来，它再也无法随心所欲地生活，它必须像一棵树一样，把根扎在那儿，沉寂在那儿，不为人知，可是它也不能长久哭泣、抱怨，因为这样也无济于事。

唉，那朵变得黯淡的雪花，该怎么逃出这座无形的炼狱呢？

也许，我和这朵雪花经历过相同的遭遇，被遗忘在一个偏远的地方，在你周围有更多的人拥挤着、争夺阳光，他们比你的力气大，比你会见风使舵，那些阳光照不到你，你只好在潮湿的角落里，蓄势待发、踌躇满志。你必须沉寂下去，哪怕不见天日。

那些羊群牛群从你身边经过，但它们救不了你，它们扬起的灰尘，一次次覆盖了你。你发现自己在荒野里和那些随意枯荣的草、无依无靠的鸟儿一样，显得莫名其妙。可是它们的生命力比你顽强，而你只有像死灰一样的沉寂。

那些春天经过你，该抽芽、吐蕊的事物纷纷摆明了自己的态度，它们就是那样春意盎然的绿着，绿出自己的新意。而这一切似乎都与你无关，那些幸运并不属于你，春天的躁动，也曾经鼓舞了你，可这鼓舞只是一次变相的打击，你没有根基，也无法发芽，无法实现那些成长壮大的梦想。你只有抱着自己的梦想，独自啜泣。也许，你只得选择沉寂，像一颗尘埃在万千尘埃中沉落。

那些海水经过了你，你并没能在水中飞翔，你像一只蟹鳌，沉默在寂静的海底。你注视着鱼群的嬉戏，那些色彩艳丽的浮游生物，它们没头没脑地觅食、杀戮，把海洋当成一座坟墓，而你想离开海的束缚，可是没有谁会帮助你，你只能在窒息中混天度日，无奈地接受上天安排的盲目。

这样的沉寂似乎是一种磨砺，它使你更加能够忍耐，在忍耐中感受生命的另一种状态。是的，那些落在我们头顶的枯叶，那些吹进我们眼睛里的沙砾，那些划在我们心上的伤口，它们折磨着我，可这样的折磨无处不在。

只要你学会长久地忍耐，那些痛苦就打不垮你。是的，一切痛苦都是可以分解掉的，这需要的是时间，是更长久地修炼自己。

也许，我像一只长期把头埋在土里的小虫，我不看太阳，不管四周的敌情，不顾他人的非议，拼命地埋在自己的梦想里，狂热地啃食那些桑叶一样的文字。可是，我仍然是个幼小柔弱的虫子，没有翅膀，没有蜕变的力量，我只有沉寂到任何人的视线之外，我在蓄积自己的力量，等待破壳而出的惊喜。

我想，在命运不济时的沉寂，并不是沉沦，它是长久的期待。像一朵雪花想重新回到天上，像迷途的羔羊想重新回归草场，但一切都是天意。

沉寂，上帝的喉咙里失语的歌唱。

沉寂，蕴藏着你我心底的巨大能量。

性格的地狱与天堂

一个人可以让别人下地狱，一个人也可以让别人上天堂，我想能如此翻天覆地的起决定性作用的可能就是一个人的性格吧！

有时候，我在想，是什么决定了一个人的喜怒哀乐，是什么决定了每个人的处事方式，也许是性格吧！

每个人的性格除了天生的遗传基因外，都跟他的生长环境密不可分。如果把性格变成一些形状的话，可能有些形状是几何图形里找不到的。

性格真是个奇怪的东西，你看不见它，可它无处不在。它隐藏在每个人的身体里，像一个幽灵，它像一个敏感的时光记忆器，能完整地记录下那些被现实划伤的事件、那些被贫穷挤压变形的姿态、那些被人唾弃鄙视的经历。这些阴暗的经历会扭曲这性格的精灵，让它一点点地变异，让它变成一头不可理喻的恶魔，随时准备出击，去伤害别人。

这些在成长中生病的性格有的不治而愈了，有的却病入膏肓，但是这些没有任何征兆的病寄居在性格里，它常常发作，用一句话、一个恶毒的眼神、一次无理取闹来毁坏别人一天、一年或一生的好心情。

我们常常被别人的性格折磨，有时也被自己的性格折磨，但冷静下来，才发现左右我们的不是我们自己，是性格。

有时候，性格像一粒种子，在阳光、雨水、空气充足又赏心悦目的环境里生长，这样的环境成就的一定是一个快乐向上、明朗坦率的性格。相反，如果是在一个阴暗潮湿、杂草丛生的环境里成长，它一定会把那些挤压与阴郁植入性格，而且这种生长环境里成就的性格会追随人的一生。

但性格是可塑的，它像一块橡皮泥，常常被所处的环境、所接触的人所改变。我常常发现一个性情温和的人被一个恶的事件所激怒，也常常发现一个性情暴躁的人被一首悠扬的乐曲所柔化。

性格多像一件无形的衣裳，是衣裳就会落上灰尘，就会褪色、破旧，只有好好地爱护它、保养它，它才会显得光彩照人。

我尤其喜欢玉石，喜欢它的温润、细腻，没有棱角，不伤害别人。其实,每个人都应该不断地修炼自己,修整自己性格的缺陷。

一个邪恶的性格,会毁灭一个世界。一个达观的性格,会改变一个世界。

我常常莫名其妙地被陌生人的一两句话刺伤,他们总是在抱怨、在谴责、在发泄,可是他们没有意识到这一两句恶语,让他们变成了魔鬼。

我也常常看见一对伴侣反目成仇,那个被对方性格摧残的受害者恨不得举刀相向。在婚姻里,一个人病态的性格会把对方带进地狱。如果相反,一个温情的、豁达的、积极乐观的人,会让另一半感觉像置身天堂一样的幸福与温馨。

我总是提醒自己,要多加修炼,要多读书,开阔自己的视野,要多反思,修正自己的性格。每时每刻都要告诫自己:学会隐忍,戒骄戒躁,只有心平气和,才能心情愉悦。

我知道,那些性格一旦被放纵,就像一头野兽,伤人又伤己。所以我总是用克制的绳索拴住这个热爱咆哮的幽灵,驯服它,让它听我的话。

好的性格会带来好的命运,好的性格可以是天生的,也可以是后天修炼的。但这一切都取决于我们的悟性。

前世　我一定是一只飞蛾

我像是一只飞蛾，追着一束光来到时间的河岸，进入到一个乱花渐欲迷人眼的神秘之境，并且误入一个由各种光焰照亮的透明宫殿里。

这些迷人的光焰，它们是活的，有着魔鬼的身姿、狐媚的面容，我瞬间就被迷住了。可是这透明的宫殿像无形的牢笼，我在光里飞翔，那些光能穿透我的身体，而我就和光融化在了一起。

那些孕育我的黑暗在我的身体里生长着，像一株扭曲的植物，它们相互盘根错节，枝蔓像蛇妖娆的手臂，它们就那样肆无忌惮地生长着，要把一些阴谋扩大，要把我向往光明的心涂抹成黯淡的颜色。

不，我不能随意被改变，我还有爱、有梦想，我知道我爱的人和我近在咫尺，可是那堵透明的玻璃墙就在我们之间。我们彼此对视着，深情地凝望着，你的手和我的手叠合在一起，触摸的只是玻璃的冰凉，我们无法冲破这些无形的障碍，那么这样的爱就只能是穿越肉体的精神之恋。

是的，世俗的界限我们无法逾越，我们的爱情注定没有出路。我是那样想不顾一切地靠近你，哪怕是在近旁偷窥你一眼，我也会心醉神迷。可是，这是多么冒险的事情啊！

我只好选择退缩，在我的真爱面前。像面对一场风暴的来袭，像面对一场突如其来的灾祸，我并不是畏惧，而是为了更深层的爱。

我时常忍耐着内心痛苦的煎熬，让思念把自己的心烧成灰烬。那些浸透在时间的分针与秒针里的思念，像一把寒光闪闪的尖刀，它刺穿了一切，还有我的心。我愿意饱受炼狱的折磨，我愿意把自己的心一次次摔碎，只要在碎片里能看见你的面容。

我是那样固守着一份坚贞，我在透明的光里飞舞、荡着秋千，我知道我在跟自己作战，跟那些约定俗成、跟那些旧观念、跟那个陷于黑暗中的自己作战。我们谁也不让谁，刀枪相向、针锋相对，我多么渴望那个光明的我能战胜黑暗中的自己，冲出那个坚不可破的牢笼。

前世，我一定是一只飞蛾，扑火而亡。但我执拗的灵魂不死，在今生虽然幻化成人，但骨子里依旧是一只飞蛾，一心向着颠扑不灭的光亮。

我是多么渴望能穿破那道玻璃的墙壁，来到你的面前。我渴望你那闪烁着光芒的爱，渴望你温暖的手拂过我的长发，我渴望得到你片刻的注视，像永生一样长久。

虽然我的奢望只能是破碎，但我还是奢望。当一个人不可救药地爱上另一个人，当她内心的煎熬无限放大，除了坚持也别无选择。

今生，我依旧像一只飞蛾，追着一束光来到时间的河岸，我看见了那个梦中的你，我的心就这样坠落在你的光焰里了。我愿意为最珍爱的人放弃生命，我愿意在那些熊熊燃烧的火焰里涅槃重生。不为别的，只为与你有一次灵魂的相遇。

爱情的魔咒 |

你的约定是一个魔咒，让我每分每秒的盼望都充满罪恶。可是没有什么能瓦解我的痴情以及对你根深蒂固的思念。

也许,爱情是个令人费解的谜团,两个相爱的人之间有时隔着浩瀚的银河,或者是密集的星群,我多么想不顾一切地扑向你的怀抱啊!可是那些长在我心里的荆棘挡住了我的脚步,那些躺在路旁的石块挡住了我的勇气,那些在不断流血的伤口挡住了我的冲动,也许我们只能遥遥相望着,看着时光磨损掉我们的心志。

你就像是我终身无法穿越的梦境,在梦里我们手牵手向着未来飞越,那些风带动的气流吹着我们飘飞的头发,我们彼此可以听到对方的心跳,那是春天发起暴动的声音,那是海浪撞击心灵的声音,那是灵魂深处的轰鸣。那也是我听到的最动听的声音,像无声的乐曲,于无弦处听最激越的旋律。我多想将头轻轻地倚在你的肩上,那么多年的孤苦无依与辛酸寂寞在那一刻都将烟消云散。

在梦里,我们在演绎着现实未曾穷尽的故事,是属于爱情的故事。梦里的约会总是那样唯美浪漫,我的手被上帝放在你的手心里,我们被闪电般的触觉击中,那时候我感觉自己幸福得像是死去了。你的温度从指尖像电流一样穿透了我的心,而我只是战栗。

绚烂的梦真是迷人,你穿越芸芸众生,来到我的身边,用你的真心来承接我的痴情。我们深情地彼此凝望,仿佛已渡过了一生。

梦总是有一种奇异的力量,那些被现实扼杀的浪漫在梦里却得到了完美呈现, 我们超越了那些故步自封的念头,超越了理智与欲望,爱情成了透明的水晶球,而你我就是水晶球体里的精灵,原来爱情也可以如此纯粹,在你我的眼睛里闪耀着光辉。

可是梦有时候也非常残酷,把爱情高高举起像顷刻间摔碎一只花瓶,它完美的造型、光滑如细瓷般的胎釉、摇曳多姿的风情以及历史的尘烟都一一而去了,包括那梦中的海誓山盟。

千万不要松开我的手，把我一个人留在风雨里；千万不要背身而去，把伤心的眼泪一次性流完。

我是多么害怕在这迷茫的人世间失去爱的音讯，我越来越感到害怕，最后终于被梦惊醒。

爱原本就是一种折磨，像一把火焚烧着我的心，可是我是多么爱这种痛着的感觉，心有所爱的坚定，像一块磐石。即使我的梦在一点点破碎，也不足惜。

你的出现像一个魔咒，而我恰恰是被咒语言中的那个无辜的孩子，可是我是那样固执地爱着你，没有借口、也没有退路，像悬崖边纵身的一跃。

也许，想念你都是有罪的，但我依然执迷在爱情的迷梦里，直至达到忘我的境界。

爱情是一个美丽的魔咒，我愿意在你的咒语里像婴儿一样圣洁，也愿意为你守着这个小如微尘的秘密。

爱是一种情怀

也许,是被你的才华吸引,也许是被你磊落的性格和卓绝的人品深深打动。我远远地望着你,心里涌出无比的崇拜、无限的迷恋,但你是不会知道的,这是压在我心底的秘密。

真是奇怪，人与人之间竟然有这样一种不为人知的情感,我从未真正地靠近过你,可是你的影子却铺天盖地地追逐着我,让我无力躲藏。

似乎你就是我眼前的幻象,我伸出手时,抓住的只有飞花和尘埃。想你的感觉,真是美妙。那些零零碎碎又与我无关的片段,它纠缠着我,让我脸红心跳又心痛欲裂。

我总是把你藏了又藏,藏在我内心最深的角落,不让任何人知道。

因为这份思念，我单纯的心变得丰富，粗糙的情感变得细腻。我是那样无望而又深沉地爱着你，因为能远远望你一眼，而沾沾自喜；有时又因被你忽视，而备受折磨。我很难描述那种心如刀割般的伤心绝望。

可是这一切都与你无关，你根本不知道这个世界上还有我这样一个人存在，更无法理解那柔肠百结的思恋，可是我却被你的魅力深深吸引，无力自拔。

多么渴望上帝能赐予我美貌和才华，让我的存在能引起你的回眸，而你的眼神、我的眼神，在时光交错的碰撞中会荡起心海的阵阵潮汐，那此起彼伏的涟漪会把我们的幸福推向最完美的彼岸。

可惜，我是多么平庸又不起眼的女子，无法引起你的深情眷顾，无法使你为我做短暂的停留，哪怕仅仅是片刻。

可我不能因为我卑微的身世和并不美丽的容颜而放弃对你的思恋，也不能因为得不到你的回应而放弃对你的思恋。

把一个看上去与自己并不相干的人藏在心里，是一种情怀。不求拥有、不求回应，不求刹那永恒。只求心底有一份慰藉、有一份属于自己的花季。

你总是毫无理由地闯进我的梦里，在梦醒时又无影无踪，留下的只有漆黑的夜里无尽的思念。可因为思念你，我的生活变得有了滋味。我也会在云卷云舒时，心怀惆怅；我也会在一滴春雨里看见你的容颜，在一片落叶上写下给你的诗句。

因为爱，我变得有力量。我是那样想不顾一切地抵达你情感的高度，可是我知道，你我相隔遥远的星河。我曾经狂乱地想追上你的脚步，但是我知道，你不会为我做哪怕短暂的停留。

望着你的背影，就足够了。我停止了追赶的脚步，手捧那些因为追赶而踩碎的星光，那些碎片里有我心灵的歌唱。

我知道，我终生也无法靠近你，像我一生追逐的梦想、像我热爱的诗歌，我知道自己只是一只丑丑小小的鸟儿，无法锻造出天鹅的翅膀，更无法升腾成凤凰。但我不遗憾，我不顾一切地向着我所梦想的方向飞奔，虽然我的一往情深显得那样虚妄。

爱有很多种方式，对于一个我们无法企及的爱情，除了默默祈祷，我别无选择。它是那样绚丽地划过我寂寞的心田，又无声地滋养着我如诗的情怀。

等有一天，我变老了，老到头发花白、牙齿脱落，看着半个多世纪如水的时光波光闪耀，那些深深浅浅的事物都一一浮出水面。那时候，我会想起你，而我爬满皱纹的脸上，会忽然涌现出少女的羞怯与喜悦，那是爱的力量，它会带给我更多活下去的勇气。

爱是一种情怀、一种歌唱，它永远在我的心底盛开、绽放，而我会用一生的时间来慢慢品尝。

生命的奇迹

在玛纳斯河湿地，意外地发现了一片美丽的草原牧场和它东边的白桦树林。当我第一次被那整片整片的白桦林深深吸引时，才发现白桦树竟有如此绚烂的美，那白如锦缎般高洁的树干，在旷野沧桑灰暗的映衬下显得耀眼而夺目，金灿灿的叶片里像揉进了阳光的暖色。

这些白桦树，它们有的手挽手簇拥着站在一起，展示着生命的繁茂与长青；有的零零星星，站在山坡或溪畔，这些树叶的低语，孤独而凄婉，像一首动人心弦的诗，只有这旷野的风才能够听懂。

近看，这些白桦树亭亭玉立、俊俏挺拔，宛若一群充满着青春活力的少女，而当白桦树浩浩荡荡地连成一片时，那种雄浑与天然野性的气势令人心灵震颤，随后，你会肃穆沉思，白桦树——这寥廓天地间另一种朴素的美，用它别样的气质打动你，让你又一次感受到大自然无与伦比的壮美。

这些白桦林很像原生态的榆树群落，纤细生动的树干上，没有像阿勒泰桦树上那些像人眼睛那样灵性的图案。眼前的白桦树像是在沉睡，又像是在等待鸟群飞过时，能够捎带上它们的飞行的梦想，去到祖国的四面八方。

没有人能读懂荒野，尽管她敞开胸怀在西部大地的阳光里。

玛纳斯河湿地的动物、植物极为丰富。每到春夏季节，这里就成为动植物的天堂。湿地有溢水泉和小溪的滋润，植物茂密，无边无际的芦苇、毛蜡、牧草翠绿欲滴；五颜六色的野花竞相开放，成千上万只各种鸟儿则齐聚湿地，放声歌唱，繁衍后代。

这些野生的白桦树到底是从哪儿来的呢？是谁把它们带进了天山的心脏？是随风而来、随水而至？它们在石砾间休憩、在小溪畔流连，沐浴着天风，渴饮天山雪水，苍鹰在头顶盘旋，白桦树就这样放慢脚步，在此驻足、在此繁衍。

玛纳斯河湿地的边缘，居住的哈萨克族牧民与那些常年生长的白桦树相依相伴，牧民们一边耕种，一边在牧场放牧着成群的牛羊。

六月份是湿地的丰水期，水在小白桦林旁环绕涓涓流淌。几天后，最北端白桦林的树根，脱离了湖水的覆盖，它们宁静、安详而有序地拥在一起，白桦涛响，林叶飘逸。

白桦树笔直优雅而又妩媚婆娑，柔软的枝条舒缓下垂，微风吹过，枝叶绰约如舞女的裙。夏天，白桦林里奇花异草竞相绽放、招蜂引蝶，百鸟啼啭枝头如诗如画；秋天，桦树层林尽染，色彩斑斓，大自然的美与玄妙在此淋漓尽致地展现，只能意会、不可言传。

白桦林用自己笔直的躯干守护这一方充满灵性的土地，守护着塞外江南的宝藏。难道它们也像军垦人一样，把青春、梦想甚至是生命都留在了这片沃土上吗？

没有人知道，一棵生长在玛纳斯河畔的白桦树曾经经历过什么样的风雨，大自然的残暴曾在它的树干上留下过多少沧桑的印痕，风刀霜剑镌刻的是一种不朽的精神。

面对打击，白桦树宁折不弯的品格，让我肃然起敬。那种面对苦难勇于承担，那种被环境打不垮、压不垮的乐观精神，是我们军垦人的精神。

白桦树展示着一种生命的奇迹，从石砾中拼命伸出枝叶，吮吸着雨露、攀着阳光，奋力长成参天大树，几棵嫩绿的小芽携手长成茂密的森林，这难道不是白桦树创造的奇迹？就像拔地而起的绿洲新城，军垦人用了短短几十年的时间，就将戈壁荒滩变成了美丽的花园新城,这难道不是军垦人创造的奇迹?

那飞过头顶的鸟群和撒落在白桦林里的心语,让我们更加怀念那些生命的悲怆与磨砺,怀念那些飘落在我们心灵深处挥之不去的白桦林里的歌声。

院　落

我已经无法忍受这房间里令人难以驻足的寒冷，我检查了所有的门窗，看着窗子上结出的冰花和飘出来的隐隐约约的冷风，我不禁打了个冷战。

冬天，我的土木结构的房子，有半截都埋在了雪里，我像一个潜伏在雪里的猎人，又像蜷伏在鼹鼠的巢穴里。

而我就在这样一个洞穴里，停下来盘算自己的未来，也数着夜空的星星辗转难眠地熬过了一个个焦虑难挨的夜晚。

北方的夜晚，房子就像大雪覆盖的一个梦，而我就是这梦中唯一醒着而痛苦思索的人。音乐总是用它悠扬、舒缓的手臂紧紧地环绕着我，把我从噩梦似的命运之神的手中，一次次营救出来。于是，我写诗，把内心郁积已久的寒冷，用词语串起来挂在自己的脖子上做项链。

整个冬天，漫长而又寒冷。我的房子像一个冰窖，整个家具都在落满灰尘的寂静里悄然入睡了似的。而我和炉火，这房间里相濡以沫的两个活物，我们彼此注视着、依偎着，那时候，我坐在炉火旁，把一块块煤送到炉子里，我渴望遇到一个像煤一样能把自己燃成灰烬，也要温暖我的人，我称他为绝无仅有的恋人。可我知道，这种渴望是多么自私，为什么我就不能成为那块煤呢？

冬天像一个小脚老太太，她踉踉跄跄地走过了那些如履薄冰的日子。春天总是若隐若现地悄悄来到身边，绿色开始在枝头放声歌唱。这时候，我的房子是嫩绿的，扯下来，可以做成清脆的柳笛，而我就是这柳笛中最嘹亮的部分。

从春天到夏天，我的院墙上爬满了丝瓜、苦瓜，还有院里栽种的各种蔬菜。那些绿叶中藏着花，花中藏着果实。蜂蝶在其间追逐戏耍，为我安静的院子插上了飞翔的翅膀，而我宛若是这薄薄翅翼上闪烁的灵光。

茶余饭后，我也偶尔伺候一下这些蔬菜，松土、浇水，看着它们每天变着魔法在我的餐桌上提供各种鲜美的蔬菜，我就感觉到耕耘有一种神奇，我沉静在这种神奇里，像拥有了一个宝藏。

而秋天过后，小院里完全是另一番荒凉。那些生命力还很旺盛的蔬菜，经过霜冻的摧残，就蜷缩起一张张皱巴巴的脸庞。秋天是一个死亡气息很浓的季节，在这个季节，那些挂在枯藤上的叶子，像一片片死去的音符，我的院落像废墟上的城堡，又像灰烬里的火焰。

有时候，我感到自己病态地依恋着那破败残损的房子，房内房外转来转去的只有我和我的影子。但我从不跟自己的影子对话，我知道这所房子对我意味着什么。它是我内心的荒凉与感伤，是我用梦想建造的富丽堂皇的宫殿与空中楼阁的想象，是我衰老的过程与孤独的声响。

我的院落就在荒野上，和其他破落的房子连成一片。起风时，我房顶上的草会跟着尘土一起吹向远方，而雨水也会冲薄土墙的厚度，可它却倔强地与大自然恶劣的破坏力对抗着，看着它们剥落朽坏的墙体，布满沧桑的痕迹，我忽然感觉我的父母多么像这泥墙，用自己的身体为我们遮过风、挡过雨。

看不到未来的日子，我就蜷伏在这个用尘土搭建的房子里，它并不温暖，却让我固执地认为，我一定能等到温暖。

人生总会有一些令人难以忍耐的阶段，总会面对一些令人无法忍受的处境，面对那些困境，我只是烦恼但并不畏惧。

我的院落会永远跟着我，在那里经历的苦难，能深深地覆盖一切苦。那么苦，也就成了另一种滋味。

漫过眉睫的荒芜

那些匆匆漫过我眉睫的、四野的荒凉，像风弹奏的竖琴，它起伏的波浪汹涌而至，一次次把我淹没在这漫无边际的荒野。

也许，我的记忆就是从这儿开始，小小的村庄，似乎风一吹就能飘走的村庄。虽然它并不是那么充满诗意，但是它却在我的心里停下脚步，再也没有离去。

从春种到秋收，村庄像是一只蝉蜕下的空壳，寂静在那里唱歌。我背着小小的书包放学回到紧锁的家门前，孤独地等待着，那些火柴盒一样的空房子睁着它们怪异的眼睛。

有时我在门槛上坐下来，看着夕阳用它的红画笔一点点地涂抹着遥远的天际，直到夜色爬上了我的额头，父母才披星戴月、一身疲惫地回到家。

有时候我会一个人跑到离家不远的沙丘上，用沙子建一座城堡，再毁坏它，我成了一个极具创造力的建筑师和破坏狂。这些绵延的沙丘有非常温柔的时刻，它能够给予我一个温暖的怀抱；它也有非常狂躁的时刻，似乎要撕碎一切、毁灭一切。

可是我不畏惧它，我喜欢坐在沙丘上，听那些很古老的沙子们说着话，可是它们说着说着，就会和风发动起一场风暴。

这些风沙肆虐在天地之间，它要展示大自然的野性与诡异。也许每一粒沙都能卷起风暴，每一场风暴都会改写一些事物的轨迹。

这些飘进我眼睛里、爬满我的内心、占据我的灵魂的漫天风沙，时刻让我感觉到惶恐与不安。

我像那些孤独的小兽，在风沙来袭时，四处奔逃。那些风拼命撕扯着我的呼吸，它是想扯起我的衣襟或头发将我抛向另一个地方去吗？可是，我是那么固执地向着家的方向奔跑，我害怕我的父母、我的兄弟姐妹们像被吹散的树叶。

每次我费尽周折地从风暴中挣脱，逃一样地回到家时，家门总是紧锁着。那时，我的忧虑总是高过我的年龄，我多么害怕这些像死亡一样的风，会带走我的亲人。我总是又重新扑进漫天沙尘里，寻找着、呼喊着，要把亲人们一一找回。

那时候，我是那样的小，总是在担心和恐惧中度过，可是我不知道我的恐惧究竟来自何方。

我开始害怕一个人呆着，我总是那么的依赖着自己的亲人，哪怕他们有意或无意间伤害了我，我也不会介意，因为亲人之间的缘分也是有期限的，一旦用完，就永远地失去了。

有时候我们的命很轻，像一片树叶、一粒尘埃，风一吹就能飘走。风是什么？是流转的时光、是遗失的记忆？还是令人恐惧的死亡？

为什么我的亲人都像一片片脆弱的树叶，那么容易被风揉碎，那么容易被风带走？我是多么害怕风啊！大风过后，亲人们就再也没有了音讯。

也许风就是死亡的化身吧，等我懂得什么是死亡，我就忍不住要为它哭泣，它带给我的伤痛像铺天盖地的荒芜。

人生总是有那么多残忍的事情，比如说，你总是要面对亲人一个个地离去，你守在那个空落落的村庄，再也等不到亲人们来团聚。不知道什么时候，我开始感到内心无处不在的荒芜，不论我走到哪儿，那些荒芜都跟着我，沉潜到我的呼吸里，让我无处躲藏。

多年后，我又回到那个我离开多年的村庄，它早已破败、颓废得像一位迟暮的老人，那么多风霜在它苍老的脸上，可是我却在那儿相遇了多年前的我，还有我失散已久的亲人，我们坐下来交谈并告诉对方:若是人有灵魂,即使在阴阳两界,我们也需要彼此注视着走完这一生。

没有了亲人的安慰,我常常感觉置身人海的茫然与内心的荒芜,我总是拼命地驱赶它们,可是它们像荒草一样植根在我的内心,生生不息。

我的父母总是在长满荒草的地方播种庄稼，收获粮食。那我为什么不能用这种方式来清除内心的荒草呢?我总是用读书的方式驱赶荒芜,用笔耕的方式种植庄稼。

我没有奢望硕果累累，我只想找到一种超越的方式,自我救赎。让我体悟生命、理解死亡,让我回归到内心的纯净。

那个小小的村庄像一颗晶莹的露水,静静地滴落在我的眼睛里,融化在我的心上。

我依然是那样的弱小,不能从容地面对灾祸。可人生也许正是这样，一路走来有那么多让我们无法承载的事物,把该放下的就放下吧，就像放下那些驻扎在我们内心的巨大荒芜。

梦　境

我总是梦见自己赤着脚在雪地里行走，那种寒冷醍醐灌顶般倾斜而下，那些雪淹没了道路、村庄，我被风裹挟着，不知道该往哪儿去。

那些哭喊声结成了冰，晶莹剔透如泪水一样的东西，它们坚固得像一堵墙，遮住了我的双眼。我努力睁大眼睛，可是我的眼睛已经被炫目的雪光刺伤。

我总是梦见自己成了被风雪围困的羔羊，一路丢失了那么多的亲人，而我在一个巨大的深渊中，不停地坠落、旋转，我被自己的尖叫声吵醒。我知道，这个世界上有很多东西我们无力把握，比如这些如影随形的梦境。

有时候，我会梦见自己一个人在乱坟堆里穿行，我总是在那些高大或矮小的碑林中寻找着什么,我到底要寻找什么呢?我努力地想把那些曾经让我痛不欲生的记忆重新找回,可是我又会竭尽全力地遗忘它们。有时候,连我自己也分不清记忆与梦境里出现的画面,哪个更为真实。

我总是顺着梦境能回到儿时,那个穿着红色碎花小褂,扎着羊角辫,天生爱哭的小女孩,是我的姐姐,我就是和她手牵着手慢慢长大的。

而从小到大,她就像是被上帝抛弃的孤儿,那些散落在她记忆里的苦难与伤害,总是会把她刺伤。饥饿了,她会哭泣;迷路了,她会哭泣;被寒冷冻伤了,她还是哭泣。似乎在绝望中无助地哭泣才能让她找到安慰,她什么也不说,那些眼泪从她清澈的眼睛里跳出来,就摔碎了。我想,总有一天,她会把上帝给她的那些珍贵的眼泪挥霍完。

梦总是很残忍,总是把人遗忘的东西找回来,把长好的伤疤又揭开。也许,穷人家的孩子都是被孩子带大的,比我大两岁的姐姐也要承担这种责任,她总是在我饿的时候,把手里的饼子给我吃;在大雨倾盆的时候,把半块破旧的塑料纸遮在我头上,而她单薄的肩膀却在雨中瑟瑟发抖,她又开始哭泣了,顺着雨水摔落的那些眼泪,没有人能够辨认出来。

在整个童年的梦境中,我们总是找不到父亲母亲,他们总是起早贪黑地在地里开荒造田,而我们就像一群无人照看的孤儿。我们的父母感情是多么的内敛，对于子女的关爱，他们都羞于表达。而亲情是什么呢？是那浓得化不开的迷雾还是我们心头永远挥不去的一块伤疤？

我不知道，姐姐的心是什么做的？那么脆，一碰就碎。姐姐也曾出落得亭亭玉立，只是在经历了唯一一次恋情时受到了伤害，而选择了放弃生命。我想这些挫折都是一把把锋利的匕首，姐姐是无处可逃，还是根本不想逃呢？我无法猜测，她在生命最后一刻绝望的想法。

梦境是不是一场虚空？人生呢？穿越梦境，我总能听到一个奶声奶气的声音在呼唤我，那种穿越时空的感觉，让我想起自己真的有一个姐姐，她飞蛾扑火般的短暂生命，总是比其他人来得惨烈。

她总是那样固执地追求纯粹又完整的东西，比如爱、比如伤害。她总是以为爱就应该纯净得像一块水晶。可是那样的爱，人类怎么配得到呢？也许，她期待得到一份完整而纯粹的爱情，可是那只是个梦境。

也许，没有梦想的生活和死亡也没有什么太大的区别，她总是那么爱走极端，在爱与恨的两端来回往返，难道除此之外就真的无处可逃了吗？也许，她无法忍受那些随时随处绽放在她生命中的细小的或庞大的伤害，只好用毁灭自己的方式来毁灭那些伤害。

那些金黄的麦浪在我们的梦里抖动着它们绸缎般的金色，姐姐把向日葵顶在头上，跑着、笑着，蝴蝶在我们身边翩翩起舞，我多么热爱那些明艳的金黄啊！姐姐头顶的那一朵是不是画家梵高笔下的向日葵，叶片是那样卷曲着，烦乱而焦躁，姐姐为什么和梵高一样，用自我毁灭的方式来结束生命？

我常常被梦魇追逐着，无处躲藏。那些恐惧的鬼影无处不在，我总是惊醒后感到生不如死的煎熬。

不知道人为什么会在某一阶段产生自杀的念头，但也许只是一闪即逝，这种念头也许是梦吧。也许那是别人的念头，我连想的资格也没有。我必须照顾我衰老的父母终老，照顾我年幼的孩子成人。也许，我也常常受到伤害，但我把它们都丢在了路旁，免得它们时刻出来撕咬我，我知道对待别人有意或无意的伤害，我们只有忍耐。

我常常乘着梦境，到姐姐的坟前坐下来，我们像儿时一样嬉戏。我知道，有我在，她不会孤单。可有时我在一大片坟墓里总是找不到姐姐的坟。哦，我似乎想起来了。姐姐的坟前没有碑，想到也许没有人记起姐姐曾到这个世上来过，我就忍不住哭泣，直到哭声把自己惊醒。

在梦中我曾追问母亲一千遍了，为什么不给姐姐立小小的一块碑呢？让我们能够找到她。可是没有人同意，因为姐姐选择了那样不被理解的死亡方式。

我总是梦见自己赤着脚在雪地里行走，姐姐就在我的前面，她是在一个大雪纷飞的日子离开的，那些雪掩埋了一切。雪散发出夺目的银光，重重地将我击伤，我哭喊着，想抓住那些破碎的梦境，可是我知道，逝去的就永远逝去了，包括我们的亲人。

也许我们用一生的时间，找回的只是些破碎的记忆，有些东西我们永远也找不回，就像那些梦境。

那束明亮的小草花

曾经有一段时间，我所有的梦想就是拥有一双漂亮体面的鞋子，不用什么花哨的装饰，舒适、柔软的布鞋就可以了。可是在那样一个艰难的岁月里，母亲忙完了地里的活又忙着在家里洗洗涮涮，有时都顾不上梳理自己的头发。所以，她也常常顾不上想每个孩子脚上到底穿的是什么。

我脚上的那双布鞋，是母亲从帮别人家孩子做衣服剩下的布头中精心挑选出来的，红底上撒满缤纷花朵的图案，从穿上那双新鞋起，我的快乐就是无边的。

可是从家到学校的路程曲折而遥远，我的鞋子不知什么时候被阳光抽去了它鲜艳的色彩，被露水和灰尘遮蔽了它鲜亮的容颜，我迅速长大的脚竟将它最显眼的地方顶出了一个窟窿，我常常为此苦恼，害怕被人注意到。

那时的我虽然小，但已经有了虚荣心。为了一天下午的体育课不被人看见我鞋子上的破绽，中午上学的路上我便苦思冥想，终于想出了一个绝好的办法，我边走边摘路边各色的野草花，用一根柔软的小草扎紧了，塞在鞋子磨破的地方。果然很神奇，那束漂亮的小花，随着我迈动的脚步，飞舞出一片绚丽、一片明亮。

可是那节体育课成了我心上的一块伤疤，几乎所有的孩子都在嘲笑我的欲盖弥彰，那鞋子上的缺陷就像是我身体上的缺陷，我羞愧极了。

我央求母亲帮我缝一缝破损的鞋子，可是母亲答应后，总是没有时间兑现，直到有一天因为鞋底被磨得太薄，我的脚被沙枣刺扎伤，母亲才意识到该给我做双新鞋了。

那时候，因为一双鞋子使我变得怕羞又胆怯，内心充满了对这个世界的无助和恐惧，这种性格一直追随我到成年。

如今，我也做了母亲，为了给儿子创造一个更好的生存环境，我加倍努力地工作。为了那一点点的梦想，在完成工作、做完家务、儿子进入梦乡后，我便悄悄铺开稿纸，让那些灵感尽情绽放成一首首小诗。

在我当幼儿老师的时候，我的愿望是当一名小学老师，结果我的愿望实现了。我既是语文老师又是班主任，每天关注的是这些活蹦乱跳的孩子们的学习状况、安全状况，不但要挖掘孩子们的学习潜力、培养他们的集体荣誉感，营造班级浓郁的学习氛围，保持干净整洁的学习环境，更要关注贫困家庭的孩子、单亲家庭的孩子。说真的，那段时间，这些孩子成了我关注的焦点。

可是忽然有一天，十岁的儿子在饭桌上嘟囔着说他的鞋子出了这样那样的问题，我正忙着开学报到的事情，便让儿子坚持几天。一天中午，儿子带着满脚的泥水回到家，伸过他蚌壳一样开合的鞋子，伤心地哭泣着让我看，春天的雪水与泥浆浸透了他的脚。我忽然心痛了起来，开始责备自己的粗心，我顾不上吃饭，赶到鞋店给儿子买了一双新鞋。

因为工作的变动，我到一家媒体做记者，为了更快地适应这份职业，我有时几乎是夜以继日地工作，而对儿子的关心是少之又少了。

有一次去儿子所在的学校采访，采访之余，我在各班级的队伍里寻找儿子的身影，当我看见儿子弯着瘦瘦的身子在系他的鞋袢时，才恍然意识到秋风萧瑟，儿子脚上穿的还是一双凉鞋。深秋的冷风一吹，我不禁打了个冷战，鼻子里涌上一阵酸涩。

是啊，我是一个多么不合格的母亲啊。我多么想给儿子更多一点的关爱，可是我做的又有多少呢？

也许，若干年后，儿子会理解我的苦衷，儿子会原谅和他相依为命的母亲的粗心。

幸好，儿子不像我们这代人，心里藏着那么多自卑。儿子是自信而乐观的，他并没有被一双鞋子绊倒，他知足常乐、不辨美丑，在穿着上少有我的那种多愁善感和自哀自怜。

想想当初我鞋子上的那束野草花，它折磨了我，但也让我体味到人生别样的坚强与柔韧。

被时光淹没的珍宝

其实，我从小就是性格柔顺乖巧、充满好奇的孩子。可是就因为这一点点的好奇，给父母带来了很深的伤害。

像那样一个百废待兴的年代，我们这样一个一贫如洗的家庭也有被家人视为珍宝的东西，比如说父亲的“英雄”牌钢笔，那是17岁的父亲在江苏老家当教师，他用工作的第一笔工资买来了一支向往已久的“英雄”牌钢笔。

这支笔黑色的笔身，两头有银色的箍做装饰，显得庄重而又熠熠生辉，上面还有“英雄”的字样，父亲喜欢把它插在上衣口袋里，稍微露出一截，这是那个年代的“奢华”，父亲喜欢这种神气的感觉。

父亲兄弟姐妹八个，爷爷又常年患病卧床不起，仅靠奶奶一个人干农活养这一大家人，非常艰难，父亲的几个弟妹即将面临辍学。为了改变家里的困境，1959年的春天，父亲和周围几个村的十几名热血青年报名参军从江苏老家踏上了开往新疆的列车。

临走时，父亲只穿了报名时公家发的一套军装，他把自己所有的东西都留给了家人。看见15岁的四弟脚上连一双袜子都没有，父亲突然感觉很酸楚，从脚上脱下了那双刚买的袜子塞在弟弟手里，自己光着脚穿上了报名时发的回力鞋流着眼泪离开了家。

父亲乘坐着一节车厢装有几十个人的闷罐车来到新疆，他从家乡唯一带着的就是那支“英雄”牌钢笔。

这支钢笔陪父亲经过一个多星期的旅途颠簸，来到了新疆石河子，赶巧碰上石河子农学院成立后的第一批大学生招生，父亲也跟着报了名，经过考试成绩公布出来时录取的人数不多，初中毕业当过两年乡村教师的父亲榜上有名，他很兴奋，同时也感激这支有灵气的笔。

这支具有浪漫情怀的笔陪父亲上了三年大学，还抽空给父亲同乡的一名女生写过几封情书。那是一个地主的女儿，家境富裕，经常把自己用不完的饭票接济父亲。父亲与这个江南女子碰撞出了情感的火花，最后因为政治的原因结束了短暂的恋情，这支笔又变脸恶人写了一封委婉但悲情的分手信。

父亲带着这支笔被分配到一个叫莫索湾的地方，开始了他的另一段人生之旅。这支笔陪父亲挨过饿，受过冻，父亲把连队发的工作服连同他一大半的工资连同一封由这支笔写的饱含情感的家书，一并寄往江苏老家，这一寄就是几十年，家书也写了几十年。

这支钢笔追随父亲二十多年，在他的记忆中留下了不可磨灭的印记，那支“英雄”笔带给他的崇尚英雄的情结始终激励着父亲走过了许多艰苦的岁月。

我也很痛恨我五岁时的过失，因为喜爱而生出的好奇心竟然给父亲视若生命的这支笔带来了灾难，为了看清一支笔为什么能这么神奇地写出字来，我竟然丧心病狂地用榔头砸坏了这支笔，当父亲看见这一幕时，我估计父亲一定是哭了，如果我的挨打能换来他的原谅，我也心甘情愿。

因为毁坏了这支笔，我似乎成了一个坏孩子，可是我不知道那时为什么总有一种追根求源的心理在左右着我，让我总是无法控制自己的破坏欲。

我第二次毁坏的是妈妈最心爱的宝贝，一块精美的女式石英表，它在阳光下能散发出耀眼的银光，母亲常常被这一束光给迷住。有时候，她抬起纤细的手腕也许根本不是要看时间，而是欣赏一下它迷人的光晕和充满诗意的温情。

那块表是父亲和母亲结婚时，父亲送给母亲的定情信物，年轻的母亲整天爱不释手地戴在她的手腕上，引来了很多人的羡慕。

母亲从来不让我们用手摸它，似乎怕它剔透的玻璃表盖会被我们的小手指戳破。

那天好像是命中注定一只表的一生就要结束在我的手里，为什么母亲要把表放在枕头边呢？那么轻易地就被我拿到，我没有想伤害这一块被全家人视为骄傲的手表，我爱不释手地摸来摸去，一会靠近眼睛仔细地研究上面精致的阿拉伯数字，一会放在耳边倾听它美妙的卡卡声。

也许，是这种卡卡的声响蛊惑了我，让我拿着这块表在墙上敲打着，依旧是卡卡的声响，我被一种奇怪的念头引领，我用手指抠着表门，想寻找声音的来源，可是我的手很小没有那么大的力气，我只好借助其他的东西来满足我的好奇，历史的惨剧就这样重演，我又看见了那只罪恶的榔头，它就在离我不到五米的床下，它似乎在对我笑。

我不知道自己敲了几下，那只让母亲爱不释手的手表已经成了一堆碎片，我坐在碎片旁边仔细地观察每一个碎片，我很奇怪，那种卡卡声竟然消失了，我不知道是不是榔头带走了那个声音。

当我听到母亲的吼叫声和雨滴一样密集的巴掌，我分辨不出到底发生了什么事，母亲在哭泣，后来我才懂得是我结束了一块表年轻的生命。

这两件事都是在我五岁前犯的错，却被父母记了一辈子。多少年过去了，我坚决要给母亲买一块手表，她说现在已经不习惯戴表了，要买就给你父亲买吧，当年那块表是他买的。

我无法给父亲还上一支“英雄”牌的钢笔了，因为父亲的眼睛花了，背也驼了，两条腿因患病也只能坐在轮椅上了，他已多年不能读书、看报，早已丧失了使用一支笔的能力。

年迈的父亲已经七十多岁，他执意要最后一趟回江苏老家看望自己阔别多年的亲人，我精心挑选了一块黑色的依波表送给了父亲，说女儿当年砸坏了一块你买的表，今天给你还一块新表。

也许父亲又想起了许多不堪回首的往事，居然老泪纵横、恸哭失声。

我这一生最对不起父母的就是这两件事。在我有能力感恩的时候，我买了很多礼物、用了很多孝心来弥补。我知道有些东西在人的一生中是无可取代的，像那些被时光淹没的珍宝。但即使它再珍贵，也抵不过亲情带给我们的温暖和感动。

妮　妮

我在七连这个鬼都不想歇脚的地方当幼儿老师，面对的是一群从贫困山区移民来的孩子。我没有因此而歧视他们，因为我和他们一样出身寒微。

作为连队的幼儿老师，我既是保姆负责他们的生活，又是老师负责孩子们的启蒙教育。

农忙的时候，我和孩子们在一起的时间长达十四五个小时。天蒙蒙亮，就有人敲我宿舍的门，把睡眼惺忪的孩子丢在门外。我打开门，一张脏巴巴的小脸，用乞求的眼神看着我，手里拿着一个大大的冷馒头，一瓶浑浊的茶水。我知道，这就是孩子一天的三餐。

天不亮，我就在幼儿园的门前，等着这些庄稼人将自己的孩子和全部的信任交在我的手里。等太阳出来的时候，我四周就围绕着四五十个活蹦乱跳的孩子。说真的，他们更像一群衣衫褴褛的野孩子，那些不合时宜的衣服仅仅是为了遮羞与保暖，看上去不是过大就是过小。也许，穷人的孩子小的时候永远没有自己的衣服。他们看上去像一群古灵精怪的小乞丐，而我鹤立鸡群于其中，宛若一位丐帮帮主。

说真的，他们对自己的破衣烂衫，缺乏清醒的认识，所以他们不会羞愧。而他们的父母已经被这些漫无边际的贫穷麻木了，所以他们也不痛苦，而这往往勾起我对童年那个缺衣少食的年代的痛苦追忆。

我和孩子们有缘，我的骨子里有一种与生俱有的孩子般的纯真。所以我和他们很快就成了最亲密的朋友。

在四五十个孩子里，有一个瘦小柔弱的小女孩妮妮，最能触动我内心的一丝怜爱。她总是很安静，那种安静简直达到了惊人的程度，似乎她的内心无人居住。她整天都在角落里安静地坐着，若有所思。一双大大的眼睛里泊着一潭清澈宁静的湖水，浓密的睫毛有时会覆盖在月亮般洁净白皙的脸上。

我从没见过她笑，哪怕是若隐若现的一丝笑意，她总是抿着一张小巧的嘴。我从没见过她面目狰狞的哭，偶尔会看见她的脸上会挂着一串串珍珠似的晶莹剔透的泪水。她面无表情,她的面部肌肉永远都是僵化的、行动迟缓。她破旧的衣裳永远与她的容貌格格不入。她总是看着远处发呆。

她母亲送她和她弟弟时,我看出了症结所在。她母亲永远都是抱着那个男孩,男孩手里的食物永远比他姐姐的丰盛而美味。而妮妮总是被孤零零地扔在母亲身后,或远或近。后来她父母又相继从老家接来两个与她岁数相差不大的姐姐,一家人的生活十分窘迫。

妮妮的母亲是一个朴实能干的中年妇女,她总是早出晚归,几十亩地一个人打理得井井有条。她确实不太会收拾自己,或者根本没时间。头发总是乱乱的被头巾半遮半掩着,衣服也总是七长八短的。可走近来看,她的五官搭配的井然有序,一张还算俊俏的脸。从远处看你绝看不出这还是一个比较漂亮的人,你只能感到这是一个被贫穷挤压变形,毫无风韵的妇人。

她对我是信赖的、尊敬的。但每次都在向我诉说他懒丈夫的恶劣行径。这时候,我看见了一个现代祥林嫂。看着她潦倒的样子,我问她干吗养这么多孩子时,她埋怨婆家对男孩奉若神明以及自己生女儿后的非人待遇。

我开始同情这个女人,常常会给妮妮一些力所能及的帮助。但妮妮不同于别的孩子,你对她好,她就会像小狗一样在你左右示好。妮妮是沉静而忧郁的,但每次我把好吃的食物偷偷塞在她手上时，我都发现她眼睛里有另一抹明媚的光亮。

妮妮的母亲又来送孩子，怀里依然抱着男孩，头巾遮住的半边脸是青紫的一大片，像是被什么击伤的。我没好意思问，只是眼神有点疑惑。她便委屈地啜泣开了，她说她干完了自己地里的活，又去帮别人地里干。换回的八十多元钱，藏在褥子里，没想到被丈夫偷去，在商店里和几个人赌钱，全输完了。家里已经一个月没见一滴油了，整天都是白水煮面，她发现后追到商店去厮打丈夫，而丈夫觉得在众人的面前很丢面子，就开始追打她。说到这，她的眼泪从青紫的眼眶簌簌地落下来。

我忽然束手无策了，难道能劝一个勤劳的四个孩子的母亲，离开她暴虐的丈夫。不，她不是一个能主宰自己命运的女人。

我只能偶尔送给她一只精美的发卡，暗示她生活还有另外一些美好的东西存在着。而妮妮的沉默还在继续，我不知道在一个有暴躁的父亲、哭哭啼啼的母亲，家庭暴力不断的家庭里，他们的孩子除了受惊吓之后的沉默，还应该有什么表情。

我曾亲眼看见这几个最大不到九岁、最小不足三岁的孩子，在家里生火做饭，搞得满房子乌烟瘴气的情景。一走进她家的这两间破房子,你就会感觉眼前一黑,似乎出现了短暂的失明。她们过早地承担了生活的重负。

妮妮对我的依恋,与日俱增。那是我每次离开连队回团部时,我注意到的。她总是和别的孩子一样追送我很远。而我回来时,总有一个小小的身影,站在路口迎我。她什么都不说,只是追在我身旁,眼睛里闪着光。

三年后,我从连队调到团部的中心小学当老师,跟新老师交接完,我卷起行李准备走时,孩子们都扑过来,有的拉着我的手,有的牵着我的衣角,有的拽着我的自行车不让我走,哭泣声络绎响起,毕竟我和他们朝夕相处了三年。我含着眼泪对孩子们说:“你们快快长大吧,等上一年级的时候,老师在团部中心小学等着你们……”

这是我今生最后悔说的一句话。

妮妮出事是在我调到团部中心小学第三个月, 数九寒天,北方最冷的一个季节最令人心寒的一天。妮妮听到连队上小学的孩子说见到我了,便固执地跟在姐姐身后,要去学校。

七连要到团部的路是一个大Z字形, 中间还有一个九连。茫茫雪野,天地之间一望无垠。妮妮跟不上姐姐,就漫无目的地走。风呼呼地刮着,她就沉静在这种寒冷里。妮妮什么时候迷路的,没有人知道。

几乎全连队的人都在找她。妮妮被找到时，已经是深夜两点。找她的人们在另一个连队的大干渠里发现了她，她还在走着，只是有一只鞋子陷落在雪里，找不到了。她的小脸被冻得乌紫，但她没有喊叫，没有哭。

这么黑的夜，妮妮一个人在雪里挣扎，她没有向任何一个过路的人求救，她用她的沉默对抗了这一切。

可妮妮丢掉鞋子光着脚踩在雪地上的那条腿被冻坏了。

缓过来之后，露在外面的是半条黑紫色的腿，上面落满了大水泡。

医生说必须截肢，这一切是在市医院做的。回来的人都说这孩子奇怪，手术前前后后竟然没有哭，手术的费用是连队打报告向团里借的。

手术后不久，我抽了一个星期天，赶回连队，买了一些妮妮爱吃的食物。可妮妮的母亲说，妮妮被送回甘肃农村奶奶那儿去了，因为在这没人照顾，在老家也就不用上学了。

回来的路上，我的心里都是伤，零零碎碎的记忆总会浮现，我知道妮妮为什么要如此固执地向学校走，我知道她对学校的向往里还有惦记我的缘故。

我再也看不见一个沉静忧郁的妮妮坐在宽敞明亮的教室里，甚至看不见拄着拐杖的她出现在校园里，她被永远地留在她内心的渴望破灭时的寒冷与绝望里了。

我真想收回那句令我遗憾终生的话。

一路上，我的心像被风吹透了似的，一阵紧似一阵的寒冷，还有那些说不清楚的痛……

曹新玲，新疆日报资深副刊编辑，编辑的杂文《器重扁鸦》被评为全国报纸副刊作品金奖；撰写的散文《伊犁往事》入选新疆维吾尔自治区为庆祝新中国成立60周年推出的精品出版物《新疆文学作品大系·散文卷》；散文《黑子》入选《亚心文萃》；《又见炊烟》《为诗人送花圈，不收钱》则被评为全国报纸副刊作品一等奖。

曹新玲

伊犁往事

伊犁往事

你真正读懂和理解一个人、一个地方，是在你远离着他（它）们的时候。这就如同欣赏一幅油画，近看时全是杂乱无章的色块，而远观时，画面的丰富意象，优美韵致才一一显现出来。

我对家乡伊犁的认知便是这样。

当写下“伊犁往事”几个字时，关于家乡伊犁的各种记忆便如同打翻了颜料桶，各种色块纷至涌来——我在伊宁市解放路六巷那被白杨树掩映的家；我常去的市新华书店对面飘着香气的烤包子店；我那贤淑敦厚的维吾尔族邻居艾尼莎大妈；伊犁老住户那精美的窗雕，优美动人的“夜歌”；路上遇到的踉踉跄跄、拎着酒瓶的醉汉；在察布查尔吃花花菜，听“田野歌”；在昭苏夏特乡骑马时吓得大喊大叫……人的记忆是多么奇怪啊，它在某处酣睡了那么多年，可只要一声呼哨，它们全部揉着惺忪的睡眼，一股脑地醒过来了。

艾尼莎大妈

最先醒过来的应该是青青白杨。伊宁市曾被亲切地称为“白杨城”，白杨是这个城市的胎记，这一胎记使这个城市明显有别于别的城市。那时的伊宁，其实是一座如同乡村般的城市，几乎是清一色的平房，楼房很少，有楼房，但也多是办公楼。于是这样的景观出现了：油绿的一排白杨树夹着一排土色平房；再一排白杨，再夹一排土色平房，形成绿与土黄的很有韵律的色彩组合。

我和艾尼莎大妈的家便在绿与土黄组成的色彩之中。每天上班，掩上家门，踩着整洁的小院土路，经过艾尼莎大妈家，听着晨风吹动杨树叶的“沙沙”声，心情别提有多么明丽和轻快了。

当时儿子刚出生没多久，很缺奶水，艾尼莎大妈家的那头奶牛便成了儿子的主要食物来源之一。每天早晨八点左右，大妈挤完奶，盛一小铝锅鲜奶放在灶台边，而我则在简单的梳洗后准时敲开大妈家的院门取奶……大妈自家喂的牛，吃的全是纯天然的饲草，牛奶稠而香浓，煮开后冷却，上面浮着厚厚的一层奶油。喝着这样的牛奶，儿子被养得白白胖胖，煞是逗人喜爱。

等街上的维吾尔族小姑娘和小男孩全都穿戴整齐漂亮，手挽手在路上走的时候，我们就知道“古尔邦节”或“肉孜节”到了。逢到这时候，我们都要带着咿呀学语的儿子去给艾尼莎大妈拜节。许多年后，我离开了伊犁，在另一个城市生活，虽说没出新疆，但这个城市每到过这两节时，全是宰一两只羊，羊拴在水泥丛林中仅有的一小片绿地上，听到羊那“咩咩”可怜的叫声时，我就知道两大节日快到了。几天后，便在绿地旁的水泥地上看到几摊已干了的血迹。同样是过节，两个城市留给人的印象是何等的不同啊！

秋风吹起，杨树叶微微泛黄的时候，艾尼莎大妈就开始自制水果罐头了。家里种的葡萄、苹果吃不完，艾尼莎大妈将其洗净、切块、放入水和白砂糖，在锅中熬，冷却后装进罐头瓶子，封好口，存到冬天再吃。秋阳暖暖地照着这个城市里的农村小院，穿着奶白色底、小碎花连衣裙的艾尼莎大妈在灶台前一边忙活，一边向前来讨教的我比划着手势，间或夹杂着几句维吾尔语。

艾尼莎大妈长得慈眉善目，她是典型的伊犁维吾尔族。因为地域的差别，伊犁的维吾尔族人没有喀什、和田的维吾尔族人那种轮廓鲜明、让人惊艳的美，但却自有一种高贵、洒脱的气质。沐之如品茗，得细细地感觉，越品越有味，艾尼莎大妈便是这样一杯韵味悠长的茶。她那碎花连衣裙带给我的宁静和温馨如一缕永留心间的茶香久久不能散去。

菜窖里长出花

伊犁人对生活的热爱是从各个方面体现出来的，比如对居住环境的精心营造，比如养花。不光维吾尔族、俄罗斯族养花，土著的汉族也如此。大学同学中一位男生的父母是伊犁当地的老住户。家里的住房是俄式的，厚重的双开大门，有大的紧顶着屋顶的桶形火炉，木地板地，走在上面“嘎吱嘎吱”地响，窗形瘦长，窗台低而宽，上面养着盆花或插养着鲜花。

伊犁气候温和、湿润，非常适宜养花种树。所以除“白杨城”外，伊犁还有一个美称：花城。故后来的花城商场、花城饭店名称便源于此。早年伊犁人喜欢养橡皮树、玻璃海棠、月月红（俗称“臭绣球”的花）、灯笼花、三角梅、夹竹桃等。红艳艳的花开在半遮半闭的白色窗帘后，算是伊犁一景了。曾见有人家养橡皮树，十几平方米的客厅几乎全腾给橡皮树了，除了简单的两样家具，只有花。房主人对每一片新生出的橡皮树叶都津津乐道，真是痴迷至极的爱花一族。

对伊犁适宜养花，有一则最美丽的注脚。小院门前的菜窖里，我曾买了萝卜、土豆、大白菜放进去。来年土豆没有吃完，还等不及取出来，土豆已经在菜窖里生根、发芽长出菜窖口了。后来长到半人多高，开着淡黄色的小花兀自在春风中摇曳着，真是肥沃而神奇的土地啊！

窗上的旋律

花，不仅长在盆里、土里，还落户在门窗及窗帘上，那便是雕花的窗门和镂花的窗帘。门上的雕花相对简单，窗楣上的雕花可谓是精工细做，极尽水平之能事。有狮形、兔形、鱼形、十字纹形、花草形，种类繁多。伊犁的窗户那时都有窗板，雕花部分一般都在窗板上方，也有蔓延至窗板的。整个窗户或木纹本色，或漆成天蓝色，非常精美、耐看。不看主人，仅看窗户就知道房主人的欣赏品味。

窗帘更有学问。伊犁人的窗帘使用很有讲究。一个窗户一般是有大小两幅窗帘。小窗帘仅有半个窗户那么大，靠着窗玻璃、紧贴着窗台最里边另拉根小绳挂起，平日里一般不拉开，它表达着一种拒绝，一种美丽、温和、艺术的拒绝，拒绝路人不自觉地朝窗户里面窥看。小窗帘的做工也很讲究，一般是用纯白棉布或白棉绸布做成，上面镂空有各种花形。因为是手工制作，做好的小窗帘上都会留有圆珠笔手绘花形的印迹。

多少年后，当我听到歌唱家德德玛那深情、优美的《雕花的马鞍》和《我从草原来》的歌声时，便禁不住潸然泪下：我想起了那雕花的门窗，镂花的窗帘，我也来自草原，我从伊犁草原来啊！

优美动人的“夜歌”

“美丽的草原多沉静，草原上只留下我的琴声，想给远方的姑娘写封信，可惜没有邮递员来传情……”一曲《草原之夜》唱遍大江南北。

“夜色”“沉静”“草原”“琴声”，这些意蕴深厚的词汇所构筑的诗意画面，再加上那舒缓、深情的旋律，焉能不打动人心？可以说《草原之夜》无论是作词还是谱曲，是最得伊犁神韵的。

在伊犁放歌，须在晚上；在伊犁听歌，也须得在晚上。夜晚是大幕布，也是大舞台。无需乐器，无需伴奏，杨树叶儿被夜风吹动的“沙沙”声，树边渠水的潺潺声，还有不知从何处飘来的瓜香果香，是放歌听歌的最好诱因。王蒙先生曾那样被一曲维吾尔族民歌《黑黑的眼睛》所深深打动，是因为他已经融入伊犁生活的血脉中去了。而每一位热爱伊犁、置身于伊犁生活之中的人，在这样的夜晚，在这样的环境中，耳边飘来一阵歌声，怎能不让其动容呢？

这种“夜歌”习惯(姑且让我这么称呼)，不仅少数民族有，连当地汉族也被濡染了。一天夜里,我和孩子都睡下了,忽听得后窗传来一阵歌声，原来后院的一位汉族住户的女儿第二天要出嫁,她的同窗、女友全来了,“夜歌”便在一阵嬉笑声中开始了。

最先唱的就是苏联歌曲,《茫茫大草原》、《一条小路》、《红莓花儿开》、《山楂树》、《纺织姑娘》,唱着唱着,就听到一阵哭声,起初是小声地抽泣,后来就呜咽起来,还听到劝慰声。过了一阵儿,歌声又响起,从《黄土高坡》、《无奈的思维》、《三月的小雨》又到《可爱的一朵玫瑰花》、《草原之夜》,还传来阵阵笑声……所有对于青春、爱情、友谊的美好追忆与向往与不舍,全在那一夜的歌声中宣泄和释放了出来。我搂着酣睡中的孩子,听得如醉如痴。她们在墙那边哭,我在墙这边抹泪;她们在墙那边笑,我瞅了一眼酣睡中的孩子也笑了。

伊犁的“夜歌”就是这样,它优美,它动听,它揪心扯肺,牵动着你的每一根神经。

非同寻常的醉汉

好歌伴好酒,伊犁河水酿造出来的琼浆玉液,培养出来的醉汉也非同一般。

夏日的一天傍晚和朋友聚餐回来，碰到醉酒的小伙,踉跄地走着,手里拎着酒瓶,口中哼着不成调的小曲,晃晃手中的酒瓶，“我，我今天高兴，喝多了。”伊犁的醉汉和别处的不同，他们不是因为和妻子吵架，亦不是因为生活压力太大，更不是因为没有被升迁而烦恼才去喝酒，他们是被那浓醇的瓜香果香，被伊犁那浓醇的生活之美给打动了，“酒不醉人人自醉”，于是连喝着用小麦、高粱、蜂蜜等制成的伊犁特有的饮料“格瓦斯”时也醉了。

曾有机会在察布查尔的爱新舍里镇采风，在品尝过由胡萝卜、韭菜、海带等做成的“花花菜”和热乎乎的锡伯大饼后，很想听听老一辈锡伯族同胞经常哼唱的“田野歌”，看看充满神秘色彩的“萨满舞”。同行的察布查尔县报社的一位朋友找到了一位姓佟的锡伯族老汉，佟老汉开朗、健谈，给我们介绍了许多有关锡伯族的历史及流传的西迁路上的小故事。“田野歌”老汉就会唱，还没等我们提出要求，他自己就跳起“萨满舞”来……

第二天中午，在镇东头一处院落门前又碰到佟老汉，个头不高的他口袋里揣了个空酒瓶，摇摇晃晃地扶着门前的老榆树，和前一天的他判若两人……

伊犁的酒中到底掺了什么特别的东西，让伊犁人一次次、一遍遍心甘情愿地被颠覆呢？

兼有塞北和江南两种风格的伊犁啊，我心心念念的家乡伊犁啊,我读懂你了么? 参透你了么? 你是一杯清茶,一壶老酒? 抑或是一首小曲,一段迷情?

都不是。

你是我无法用言语、词汇概括的灵魂的栖息地。

“给诗人送花圈，不收钱”

——写给诗人洋雨

到今年5月，诗人洋雨去世整三周年了。

还记得三年前5月的那个悲伤的夜晚，习惯于晚睡的我刚刚放下手中的书，正欲洗漱后安睡，电话铃响了，是时任《绿洲》杂志社副主编的钱明辉打来的：“小曹，告诉你一个不幸的消息，洋雨老师今天去世了。”怎么会？怎么会？十多天前还参加了兵团文联为他和雷霆老师举办的作品研讨会，怎么说走就走了呢？电话这端的我怔愣愣很久：“不会的，不会的，几天前还好好的……”我几乎要哭出来了。

可钱明辉怎么会拿这种事开玩笑呢？

放下电话，抽抽咽咽地冲到盥洗池前，拧开水龙头，往事和着泪水、龙头里的水一起往外流淌……

冬日初识

和洋雨老师相识于2002年2月那多雪的暮冬初雪时节。当时《绿洲》杂志在徕远宾馆举行一个“伊力特杯”西部开发者征文奖的颁奖仪式,接到通知后我迅速赶去了。见离仪式举行还有一段时间,便跟站在会议厅门口的钱明辉聊起天来。这时周涛从楼梯口上来了,手中拿着一本装帧很精美的书,并随手将书递给了钱明辉——他要到主席台上就座,此书请钱明辉代他保管一会儿。我这面跟钱明辉说着话,顺手从钱手中拿过此书翻看起来,是本诗集——《洋雨诗选》,只见扉页上用隽秀工整的笔迹写道:“周涛文友雅正,涛文友雅正,洋雨,二〇〇二年二月”,再细看内容,一行行极轻盈、美丽的诗句跃入眼帘:“……在枝头/我乖成一枚浆果 /在晴空 /我天真成一朵雪 /但我很脆 /自由一旦被出卖 /我宁愿啼血而死 /决不做谁的宠物……(见《鸟语》)走出感情空谷 /远处的树上有许多鸟巢 /每个巢里都能找到婚姻 /只有一个巢里住着爱情;系紧鞋带准备爬树时/给爱情鸟带足谷粒和水 /缘分指引你和爱情相逢 /那就是三生有幸”(见《掏鸟窝》)……

我不再写诗大约已有二十年时间,确切地说写不出诗已有二十年光阴。二十年前的自己,肚里没有多少内容,却被像青橄榄一样生涩的青春激情撩拨得涂抹些像诗又不像诗的长短句，至今想来仍觉赧然。我一直觉得，一个人如若过了二十五岁，还有诗情，还有表达的冲动，那他(她)是一个真正的诗人。而我那“为赋新词强说愁”的长短句，只是证明我曾经青春年少过的符号而已。但写不出诗并不妨碍我欣赏诗，多少年在文字间穿行，对字与词有一种不经意的敏感，这些轻盈、美丽，像长着天使翅膀的诗句深深地打动了我。

主席台上热闹地轮番讲话，我在台下问身边的钱明辉："洋雨是谁？(——我一直为这句话羞惭。我们知道王安忆，知道毕淑敏，知道贾平凹、陈忠实，知道阿来、毕飞宇，甚至知道张爱玲曾爱过的汉奸文人胡兰成，却独独忽略了在我们自己生活的土地上成长起来的优秀作家和诗人，这莫非又是那句老话“远香近臭”在作怪？可这对我们本地的作家和诗人来说，该是多么地不公平啊！)这本诗集写得太好了。”钱明辉得意地眨了眨眼：“不错吧，待会儿我把洋雨找来，你们认识认识。”

颁奖仪式结束后，嘉宾、获奖者、记者们陆续下楼，钱明辉叫住了一位头戴高高羊羔皮帽的老人：“洋雨老师，我给你介绍一位记者。”钱明辉指了指紧裹着大衣的我：“她叫曹新玲，刚刚看了你的诗选，很喜欢你的诗。”个子不高、操着甘肃口音的洋雨热情地伸出手来与我相握：“谢谢，今天太抱歉了，诗选就带了一两本，下次再送你一本吧。”

几天之后，洋雨就托朋友给我捎来了那本装帧精美的《洋雨诗选》，并随书带来了几篇诗稿：《在岩画中穿行》、《沙漠公路》、《手》、《赏雪》等。这几首诗都是近年内创作的，只读一段，就被吸引住了："那只北山羊　/举着钐镰似的长角　/从三千年前向我抵来　/它近旁有两条犬　/犬身细长如蛇　/使我的汗毛直立……"当下就想，这老诗人笔下功夫真不简单，语言优美、精致，用词于平实中透着考究，同时又词不伤意，诗的意象因为用词的恰到好处而饱满、丰润，堪称经典。回到家中，仔细翻阅《洋雨诗选》，惊奇地发现有50年诗龄的老诗人随着年龄和阅历的增长，诗越发写得好了……

夏日重聚

第二次与洋雨见面是几个月后的夏天，6月中旬吧，由昌吉市国税局赞助，兵团文联在一个叫"古榆山庄"的地方举行了一场端阳诗会——"洋雨诗歌研讨会"。王仲明、陈柏中、郑兴富、夏冠洲等这些疆内知名的评论家都去了。外加一些年轻作家和诗人，像秦安江、郁笛、贺濒等，在那古榆环抱、周围虫鸟弹琴歌唱的优美环境中，大家情绪都比较放松，话题也丰富和芜杂，个人交流也多起来，洋雨的诗也是私下交流的话题之一。

洋雨是个话不多的人，发现他特别喜欢走路，在山庄那由石头、石板砌成的小路上，老见他那身着深红衬衣和奶白色裤子的胖身影在小路上晃动。有时刚巧碰上了，就一路走着，聊几句。他对野花野草的名称和各种鸟的叫声非常熟悉，难怪他关于鸟类的诗写得那么好呢。

如若那个夏日的傍晚能意识到年届七十的洋雨去日无多的话，我一定会跟他再多谈谈，多说说话，尽管我那么喜欢他的诗，读了诗选后又有那么多的感触，但却羞于启齿，羞于表达。我，那个二十多年前激情四溢忙着写长短句的少女如今已变成了一个沉静、含蓄，算得上知书达理的中年女人。只是后来我才明白，为这种沉静、含蓄付出了怎样懊悔不已的情感代价。

就在跟那位叫贺濒的年轻诗人在空旷的河滩边上拣那些形状怪异、特别的石头时，洋雨的孙女珊珊（洋雨带着夫人和孙女参加诗会来了），一位长得非常漂亮、可爱的小姑娘赶过来了——“阿姨，咱们回去吧；阿姨，咱们照相去吧。”可惜性情木讷的我当时没在意，拣得正酣，也权当珊珊是寂寞没人玩硬拉着我去照相的——一年后，当洋雨驾鹤西去，我才想起这一细节，或许是洋雨差小孙女去叫我合影的，他……

我真的好悔哟。

春日离别

第三次见面就是他去世的前十多天，兵团文联为他和作家雷霆举行的作品研讨会上。洋雨精神矍铄，仍是那么儒雅、沉静地坐在那儿，我很想发言，但许多话到了嘴边又咽了回去，就这样，我又一次失掉了表达自己对他诗文钟爱无比的机会。而且永远失掉了。

就像人和人之间有缘存在一样，人和书和书作者之间也一样有缘，有时你看了那么多书，阅了那么多写书的人，但于不自觉间，就那本书打动着你，就那位作者让你关注，这就是缘。缘不在于相识时间的长短，和洋雨只相识了一年多，但他的诗和人给我心灵带来的温暖和惊异至今仍未消散……

接到钱明辉电话的第二天下午，处理完工作上的事，我就急急赶往洋雨家。先是到寿衣花圈店买了花圈，然后请人写好悼念条文，叫出租车司机拉运到洋雨家。那是一位长得周周正正、皮肤略黑的小伙（我很遗憾没记住他的名字），我感谢他拉运了花圈（——在此之前，我拦了两辆出租，司机一看是拉运花圈，都拒载了），并说是给一位老诗人送的，“你不知道，他的诗写得有多好。”说着，泪水就漫上了眼眶。下车后，司机帮我把花圈摆放到洋雨家门口，只是无论如何不肯收钱：“给诗人送花圈，不收钱。”

从充满哀伤气氛的洋雨家出来，走在乌市光明路绿树滴翠的街道上，一种真实的悲伤阵阵袭来：洋雨老师，他真的走了。从今往后，我再也读不到他那圆润、优美，意象丰富、独特的新的诗了。

茫茫人海，大千世界，来的来着，走的走了。“时间永是流驶，街市依旧太平，有限的几个生命在中国是不算什么的……”（鲁迅语），一位诗人的来与走又能改变什么呢？可司机那句话却如黄钟大吕般在我耳边回响：“给诗人送花圈，不收钱。”

2004年的春天，洋雨老师去世一周年的日子，有机会到内地出差并顺路看看朋友。在苏州大学风景如画的校园里，我和一位研究过洋雨诗歌创作特点的女博士生谈论着洋雨的去世，她说：“那天晚上，我做梦梦到那么多洁白美丽、鲜嫩欲滴的百合花做成的花环……醒来还纳闷，怎么会做这样的梦呢，不两天就接到了洋雨老师去世的电话……”

跟洋雨相识在四年前那个多雪的冬天，洋雨老师是那么喜欢雪，他曾说：“爱是雪”并以“雪”为题写了那么多首诗《——雪人》、《面对雪》、《小雪》、《致雪》……在《早雪》中他写道：“……爱滋润且包裹我的根部 /待到清明 /我是返青的麦苗 /用第二次青春染绿世纪 /那时谁能分辨 /哪是我的生命 /哪是爱情 /哪是雪”。

在《卜算子》中他写道：“卜骨和蓍草昭示我 / 当我弥留

之际 /用生命的最后一口气 /呼喊出的最后一个字 /必定是 /——雪……”

喜欢雪的人最终却在一个春暖花开、万物欣荣的季节里离开了，难道冥冥之中真有什么谶语存在吗？

提笔的此刻，正是暮冬初春的二月，屋外大雪纷飞……

在野鸭湖看日出

后来，脸色青黄、睡眼惺忪的我站在野鸭湖边松软潮湿的草地上看着太阳从山背后像顽皮的孩子一样跳出来，晃得人眼花，而映着晨霭的波光粼粼的湖面、青黄相间的芦苇及周围的一切一下变得生动起来时，我不相信自己是身在可可托海，身在被人视作遥远荒凉不毛之地的新疆，分明是温润、秀丽的氤氲江南嘛——身边一位来自杭州的朋友痴痴地望着这一幕，喃喃自语："太美了，太美了，一点儿不亚于杭州的西溪湿地，一点儿不亚于……"

这是可可托海进入秋季后极其寻常的一天，时间是清晨7时多。同行的大多数人和我一样还未彻底从甜蜜的梦乡中醒来,神情略显恍惚。

我们是前一天傍晚抵达阿勒泰富蕴县的。十多个小时的车程,没完没了的荒滩、沙包,坐得人已没了脾气,到富蕴时,放下行李就倒在床上——身体的疲累是一方面,旅途的枯燥更消磨人的意志。按行程安排,在富蕴住一晚,第二天去可可托海,前往可可托海的路上,第一站就是野鸭湖,又叫可可苏里湖,据说是北国江南,美不胜收。同行的朋友中有摄影师,为了能拍到日出野鸭湖的景致,倡议大家清晨6点半启程出发,习惯晚睡晚起的我听此倡议立时晕了,清晨6点半,怎么受得了呢?但拍日出就得赶时间,只得硬撑着起来了。

可现在,看着远山如黛、湖水如镜,野鸭在秋日的芦苇丛中快活地进进出出、或静静地在湖面上游弋,而不知哪家住户养的白鸭也在湖边蹭来蹭去,不时地扑棱着翅膀时,觉得昨日一天坐车的辛苦、今晨的早起、所有的困倦都是值得的。

据可可托海远方公司的小宋介绍,高山湖泊在阿勒泰山中有几个,但像野鸭湖这样面积近200余公顷,湖中芦苇丛生、点缀着大大小小岛屿的,并不多见。野鸭湖的形成得益于1931年阿勒泰地区发生的一次8级大地震,造物之手将山川作为掌中之物,揉巴揉巴,结果沧海变桑田,桑田变沧海,在极具“铁马秋风冀北”风格的地方,突然冒出一处“杏花春雨江南”的景致来,由阳刚蓦然转换为阴柔,由柳暗倏然间转换为花明，人的思维、包括审美定势被打破，有一种意外收获让人喜不自禁。

这就是可可托海的魅力，也是新疆景致的魅力所在，如同“文喜看山不喜平”一样，人们观景也喜欢波澜起伏，极度的单调之后，是极度的绚烂。新疆的景点，尤其是可可托海，完全满足了人们的这种审美要求。

神钟山前的膜拜

在神钟山前，伫立了很久，又一次被造物主的神手所折服，倘周围没有那么多游人的话，我一定会像虔诚的信徒，匍匐在地，为造物主、为神钟山的美顶礼膜拜，深深叩头。

一座状如钟形的巨石山，一猛扣在额河上游，将额尔齐斯河河水拦脖子阻断，让其绕山而流，而自己则孤峰傲立，冲天而起，几近垂直地直插云天。隔着从容前流的河水向东南方向观看，只见巨石山顶部圆润平缓，逐渐向下呈锥体状，确乎如一口悬空而起的巨钟兀立在那儿，看来起名者深谙此山的神韵。

熟悉神钟山的朋友说，仔细看，仔细瞧，从正面望上去，山朝向水的这一面像不像一位漂亮的短发女人的头像？你看那鼻子，那眼睛……可我怎么看，都分不出鼻子、眼睛来，只觉得紧贴在山崖上的金色白桦树好美，它仿佛不是长在那儿的，而是被挂在那儿的,秋风飒飒,可看到叶片在斜阳下婆娑。

当地人又把该山称作阿米尔萨山,据说前些年有牧民沿着山东侧的绝险小径到过山顶,发现山顶上尚存有一口巨大的旧铁锅和一把断剑,何时所留?何人所用?不得而知。

历史留给人的谜团太多,只讲实用主义的现代人顾不得多追究,许多人看好这孤峰傲立、悬崖逼水的几成90度角的崖壁,尝试着将其作为攀缘运动的好去处……

来自富蕴县恰库尔图乡的哈萨克牧民吐尔逊别克没那么多的怪想法,从小在神钟山所在的大峡谷长大的他对这儿怀有深深的感情,现在东面山坡上废弃的土房子还是他爷爷放牧时曾居住过的。神钟山的旅游开发改变了他和哈萨克族乡亲们的生活方式,他和一些牧民把自己的部分牛羊租给别人去养,每年从5月开始,直到10月,专门招呼、接待前来神钟山旅游的各方游客,家庭收入为此而大大增加……改变的不仅是家中的经济状况,他和那些从事旅游接待的哈萨克族乡亲连生活观念、生活态度,包括看问题的视角都发生了巨大变化,真的和以前不一样了……他那长得眉如山眼如水的帅气儿子,就是在神钟山孕育、出生的,所以取名叫"钟山别克",小别克才两岁多,我们见他时,他步履蹒跚着正在帐篷外追一只小花猫……

山、水、人,构成了一幅多么美的图画!人在景中,景又在人心中,这样的地方怎能不让人心生眷恋,顶礼膜拜呢?

美丽的三号矿脉

野鸭湖,很美;神钟山,很美;可可托海的任何一处景,细细品味,都很美;但哪儿最能体现可可托海的美之魂呢?我以为在三号矿脉。

如同古罗马剧场一样美丽的三号矿脉,见证了可可托海起伏跌宕的历史。

1792年,俄罗斯一位名叫西丝尔丝的学者进入阿勒泰,从那时开始,一直到1910年,不断有俄罗斯人来阿勒泰旅游考察。

1935年,以赫洛舍夫为首的一支苏联地质学家调查团溯额尔齐斯河而上,在阿勒泰、富蕴一带进行地质调查与找矿,终于在可可托海发现了举世闻名的三号矿脉。从那以后,苏联政府多次派地质队前往可可托海做地质勘察,并于1941年开始对三号矿脉进行勘探开采,一直到1949年,可可托海三号矿脉才被我国收回,并自行开采。1975年,国家在可可托海建成了一座综合选矿厂,其稀有金属的选矿技术已属世界前列,20世纪90年代国家对该矿脉实行了强化开采……三号矿脉已成为超大型稀有金属矿山遗址的奇观。

一位后来居留在阿勒泰的苏联时期俄罗斯采矿工的妻

子曾告诉中国朋友，丈夫开采出的那么多宝石都通过船只运回苏联了。当时也没意识到那东西那么值钱，哪怕给自己留一点也好……

20世纪50年代，国家开发可可托海稀有金属矿区时，现在的可可托海镇聚集了来自祖国各地的4万余人，而且苏联专家带来了先进的设备，盖起了俄式风格的楼房，可可托海成为当时新疆物质、精神生活最富裕的西部“小上海”；

60年代，中苏关系紧张，全国人民勒紧腰带偿还苏联的债务，据介绍，当时欠苏联的外债中有四分之一的部分，是用可可托海出产的宝石来抵债的——所以三号矿脉又被称作功勋矿脉；

20世纪五、六十年代曾在可可托海工作过的人说，那时真的不知道宝石很值钱、很赚钱，有时院子里堆的都是绿柱石、海蓝宝石，看那些宝石，就像看土块、砖块一样，根本没有要据为己有的想法……

正是正午时分，太阳光非常强烈，但三号矿脉前仍游人如织。

三号矿脉，因为见证了历史，见证了由人书写的历史，从而变得厚重、蕴藉，之所以冠之以“美丽”，可能因为这座最先由苏联开采的矿脉自开矿之初，就注重矿道的建设和保护吧，一条矿道如伸向内里的盘山道，整齐蜿蜒地向地下深处旋进，又像古罗马剧场的看台一样，光滑、有韵律，充满了美感，这是笔者走过、看过那么多矿井、矿山，看到的最美的矿脉。

历史可以很真实，但历史很难说“美丽”，三号矿脉是个例外，可可托海是个例外。

黑　子

每次给几百里外的父母打电话，末了都要问起黑子的近况，而母亲总是很有耐心地给我一一通报。

不过这都是两年前的事了。

黑子是谁？黑子是我们家养的一只狗，准确地说是母亲养的一只俄罗斯混血狗。我曾多次问过母亲关于黑子的身世问题，喜欢养狗、育狗知识却极其贫乏的母亲总是回答得支支吾吾、混沌不清。

黑子来到我们家跟母亲有关。

16年前，母亲那时还未退休，在一家农场企业当着会计。一天到晚穿梭在账本、数字间，母亲感觉非常痛苦。做会计对母亲来说真是赶鸭子上架。从小妈妈去世、由爸爸带大的母亲，对数字哪会有那么大的兴趣呢？每到月底企业结账、核算的时候，母亲就弄得手忙脚乱，父亲和我就给母亲当下手，计算、核对那些数字、账目。所以逢到月底，不光母亲，父亲包括我都开始紧张：又要忙乎了。其实等于家里有三口人在给那家企业当会计……

终于有一天，感觉备受“折磨”的母亲做出了一个大胆的决定，她不想干会计了，主动向农场申请了十多亩土地承包下来，踏踏实实地做起了面朝黄土背朝天的农场职工。

农场的土地，一望无际的大块子条田，条田之间用高而挺拔的白杨树作天然的分界并且可以阻挡风沙对农作物的侵害。我们姐弟几个人白天要上学，晚上要做功课，无法陪伴母亲；父亲从事的是机务工作，也经常出差不在家；寂寞无人的条田里，有时就母亲一人在那里挥汗如雨，听不到别的响动，只有风掠过苞米秆或啤酒花叶的时候引起的“哗哗”声及“窸窣”声。隔壁条田的老胡大伯见母亲一个人辛苦又寂寞，于是在家中刚刚降生的一窝小狗崽中挑选了一只胖胖实实的，送给了母亲。

黑子就这样来到了我们家。

黑子来的时候，才一个多月，听母亲讲，站都站不大稳，叫声稚嫩而无助，母亲像抱孩子般，把黑子紧紧拥在怀里。在那寂寂无人的白日，在那月黑风高的夜里，黑子陪伴着母亲，听着风吹苞米秆的“哗哗”声，嗅着啤酒花的清香，度过了那段最艰难的日子。

我第一次见到黑子时，黑子已有一岁多。从几百里外回家探亲，见出来迎接我的母亲身后跟着一只像夜般漆黑的小狗，觉得饶有兴趣。曾经被账目、数字折磨的脸色憔悴的母亲，因为在地里劳作的缘故，皮肤黑而红润，看去健康了很多。

黑子见我像多年未见的故旧，从母亲身后钻出来站在我的脚边嗅了又嗅，尾巴摇得像“拨浪鼓”。“咦？这黑子就是通人性，馨林从未见过它，它咋就一声不叫呢，平时对陌生人可凶得很哩。”母亲絮叨着进了厨房。我俯下身，抚着黑子黑亮的背脊，定睛一看，发现黑子的两只眼睛颜色不一样，一只淡蓝，一只淡绿，看着人时，仿佛有两双眼睛盯着你，神情专注而深情。我像发现新大陆似的叫起来：“妈，你快来看，黑子的两只眼睛颜色咋不一样呢？”正在厨房忙碌的母亲笑了：“听隔壁老胡大伯说，黑子是只俄罗斯混血狗……”

自此喜欢上了黑子，不自觉地将黑子当成了家中的一员，给父母亲打问候电话时，少不得询问询问黑子的近况。紧张的工作之余，想起家乡，想起尾随着母亲的蓝绿色眼睛的黑子，心头不由掠过一丝亲切和温暖。

似水流年。狗有狗的日子，人有人的岁月。狗的悲欢我不得而知，自己的岁月却无论冷暖要一一挨过。有几年，因为生活变故，我不曾回家探望父母，只是经常打打电话，每逢拿起电话，黑子便在记忆深处站着，睁着那双淡蓝淡绿的眼睛，深情而专注地盯着我。

三年后的春节，我回家探望父母，当拎着大包小包的我出现在家门口时，第一个跑出来迎接我的便是母亲。只是这次黑子没跟在母亲身后，它长高长壮了，脖子上拴着狗项圈，威武地站在大门边，行使着自己的职责。仍是那夜似的黑，那双淡蓝淡绿的眼，不吱一声，摇着“拨浪鼓”似的尾巴……

那是一个冬日的上午，吃罢早饭的我踱出屋，想呼吸一下农场的清新空气，一抬头，却见黑子朝不远处望着——只见隔壁谢家的果园里，一只白狗和一只黄狗在皑皑白雪中忘情地嬉戏，你朝我的头撞来，我朝你的身上扑去，狗尾巴撩起的雪雾在阳光中泛着晶莹剔透的光亮，叫人炫目……黑子那淡蓝淡绿的眼睛痴痴地望着，深情而专注，这是它第一次没有把目光朝向我。我一如痴望着的它，在雪中伫立良久……

做女儿的不好向母亲询问狗的私生活情况，所以至今也不知道黑子是雄狗还是雌狗。又想责怪母亲怎么如此不懂“狗道”，黑子是动物，是生命，有想法，通人性，有七情六欲，它也需要结婚，需要生儿育女，跟隔壁谢家的阿黄阿白一样要谈情说爱，要玩耍嬉戏，黑子在我们家里成清教徒了，只是这些话无一能说出口。

从此，我看见黑子的目光除喜欢外，还多了一层怜悯。

而黑子并非总是温文的，曾见过黑子发过一次威，那是大年初二，小妹全家过来给父母拜年、问安。酒罢、饭罢之后，母亲叫小妹的女儿琦琦把吃剩的鸡骨头、牛骨头扔给黑子去，过年了，让黑子也解解馋，饱个口福。小家伙去了，看见黑子急不可耐的样子很好玩，便把手中的骨头给又不给的，想逗逗黑子，黑子急了，狗性发作，上来就是一口，旋即就听到一阵哭嚎声。妹夫狂怒地奔出去，对着黑子就是一顿痛骂，伸手抽棍就要打，结果被迅速冲出来的我拦住了："它是一只狗嘛，你干吗要跟它一般见识？而且琦琦故意拿着骨头逗它，它不咬她，咬谁？"

黑子像是听懂了骂它的话，耷拉着耳朵，委屈地站在狗棚门口，一声不吭。

这是唯一一次见黑子发威。

不光人有个性，原来狗也是有个性的，黑子的这次发威，让我看到了它性格中的另一面。

苞米黄了又青，青了又黄，黑子到我们家已有十多年了。十多年里，地处偏远的家因为黑子的缘故，连根柴火棒都没丢过，过得安宁、踏实；小妹的儿子调皮捣蛋，甚至要给黑子架上辕，让其驮运些苞米到家里，亏得让我及时制止了，我心疼黑子。

十几岁的黑子毕竟老了,有时从它的叫声里能听到喉咙“咕哝”“咕哝”很费力的蠕动。但它仍很警惕,屋外、路上稍有动静,它便“汪汪”狂吠起来,声音低沉,但很威猛。

“妈,黑子到底有多大了?”

“十三岁了吧。”母亲回答。“狗的十三岁相当于人的多少岁呢?”我自言自语道。

那次过年返回后不久,仍像以往一样给父母打问候电话,又照例问起黑子的近况,母亲在电话那端叹了口气,说黑子被你大弟给卖掉了——大弟说,赶在它老死之前卖掉,还能给家里挣几个钱。

这消息对我来说无异于迎头一击,好多天缓不过劲来,睁眼闭眼,总见黑子那双淡蓝淡绿的眼睛忧郁地望着我。

一时间我对大弟充满了怨恨。

怎么也不能相信和接受黑子从家里消失的现实,我像孩子般在电话里缠着母亲打听黑子的下落,如果有可能的话,出多少钱都行,再把它买回来。

几天后母亲打来电话,说那买主买下黑子后,又将其转卖给了别人,可能黑子现在早已成了谁家的盘中菜了吧。

电话这端的我沉默了许久。

黑子被卖掉后,家中那么大的院落总得要有狗看守着吧,大弟不知又从哪儿弄来一只高而精瘦,长得像狼一样的狗，说叫“狼青”什么的。

再也没见过比这只“狼青”还蠢还傻的狗了，你前脚出门，后脚再回来，它就要对着你狂吠不已，而从几百里外探家的我首当其冲。忍无可忍，一连几天，怒不可遏的我站在狗棚前厉声训斥它。

一天，“狼青”又在无故狂吠，生气的我揪住准备喂狗食的大弟：“宇福，让这傻‘狼青’下岗吧。”弟弟笑笑：“狗嘛，你不让它叫，难道让人去叫？这说明它忠于职守嘛。”“可它里外不分呀！”我嚷嚷起来。

“是比黑子笨多了。”弟弟讪讪地说，声音逐渐低下来。

又见炊烟

“又见炊烟升起，暮色罩大地……”，她第一次被这首歌打动，是在看中央电视台《天涯共此时》节目时。那节目很特别，每到结束前，总要播放一首经过精心挑选的歌并配有与歌相呼应的画面。那是个夏日的黄昏，夕阳的余晖照在雪白的墙壁上，她腰中系着围裙，正准备做晚饭，电视画面上是一条平静流淌的小河，河中有几只小鸭在嬉戏，河旁是南方乡村的特写，袅袅娜娜的炊烟温柔地缠绵在乡村的屋顶上……不知怎的，那一刻她突然双眼潮润，她想起了自己的家乡，想起了炊烟下在炉膛前忙着烧火做饭的母亲……从那一刻起，她固执地认为，真正的家园总是和炊烟联系在一起的——城里人烧煤气、天然气，不会有炊烟从屋顶冒出的，一旦冒烟，多半和火灾有关系。

飘荡着炊烟的家园也必定有院子，不管这院子是大是小；有院子也必定有花有草，不管这花草是野生野长的，还是专门栽种的；有花草就必定有泥土，真正的家园是和泥土和土地联系在一起的。母亲钟爱泥土，连院中的花墙都是用土块垒的——母亲既在地里种花，又养了许多盆栽花，盆栽花冬天可搬进屋里，这样家园里的花就四季常开不败了。

只是家乡的炊烟与电视画面上的炊烟有所不同，家乡的炊烟是从白杨树间袅娜地飘向远方的。那是一种新疆特有的杨树——银白杨，有小风的时候，叶片发出窸窣的声音，在阳光下闪着银白色。银白杨下，除房屋、院子外，是一片随四季变换着不同颜色的田野。

所有她记忆中关于家园的故事就是在这样的背景下展开的。

她不知道今年夏天母亲给小白剪毛没有，她实在不忍看小白那身给折腾的脏兮兮的乱毛。小白是妹妹家的一条看家狗，看家狗本该是高大粗实、凶猛威严的吧，可这小白却是一条浑身雪白、活泼可爱的哈巴狗，当然那是它初到妹妹家的形象，“小白”一名就由此得来。它本该依偎在某位小姐脚边，好吃好喝的给伺候上，尽享万千宠爱的，却没想沦落到寻常百姓的妹妹家，不要说好吃好喝，连粗茶淡饭有时都不能保证。妹妹、妹夫忙起来时，甚至忘了给它喂食，饿得嗷嗷叫，母亲住的地方离妹妹不远，就常过来给小白喂点吃的，年长日久，小白跟母亲比跟妹妹一家还亲，母亲一来，它尾巴摇得绽成一朵花，两只小前蹄立起、交叠，哆哆嗦嗦，做恭喜发财状，可爱得让人想亲一口。但只能是想想而已，几年看家狗的生涯，已把小白“摧残”的红颜尽褪，浑身的白毛变成了黑毛，脏兮兮的。看家狗啊，风吹雨淋的，顶多有个狗棚可暂时避避风雨，不脏还能怎么着？即便这样，小白还是非常忠于职守的，妹妹家偌大的院子，几年来从未丢失过东西。狗呢，跟人一样，逼到头上了，什么样的日子都能过。只是小白很凶，想给它洗洗澡，剪剪身上揉搓成一团的长毛，太难了，它不管三七二十一，真下嘴咬呢。到底出身贵族，很有些小脾气。所以给它洗澡、剪毛的重任就落在母亲身上了。母亲很有办法，先给小白灌点酒，让它醉过去，然后或洗澡或剪毛，三下五除二，就弄利索了。给小白剪毛，母亲通常选择在夏天，怕天热毛长，小白中暑。剪了毛的小白，显得比平时瘦小，但却非常精神。它自己可能也觉得轻松，在狗棚前走来走去，一副天高地远的样子。

想起小白，她就分外想家，想立刻回到那洋溢着生活气息的家中。可人在江湖，身不由己，她必须等到“十一”或春节大假，才能名正言顺地赶回家。所以快到这两个假日时，她竟像孩子般盼望着……

春节是家里最热闹的时候，剁肉做馅包饺子，挂灯笼、贴春联，大人在灶火前忙活，孩子则跟前跟后，嘴里含着糖或嗑着瓜子。连那只瘸了前腿的小花猫都不闲着，老鼠也不抓了，在人堆中蹿来蹿去；远远地，就听见谁家的鞭炮响起来了，孩子们按捺不住，把自家的鞭炮也拿出来挑在竿子上，想听听谁家的鞭炮更响点。

父亲早在去年春节后就开始练毛笔字了，退休在家，闲着也难受，他说要自己写春联，一来省钱，二来自己写的嘛，看上去亲切。所以家里兵分两路，一路帮着母亲打点灶火前的事；一路看父亲写春联，之后负责贴到门上去。巧手的妹妹给母亲帮忙，她就跑父亲这边帮着贴春联，大门小门，写起来也真不少，父亲写得很有成就感，她贴得也很卖力，贴好，后退几步，看帖的高低是否合适，没想一脚踩空，一屁股墩摔在了大门外的渠沟里，好在是冬天的渠沟，渠水不曾融化，棉靴里只灌进了点雪，把雪从棉靴倒出来，居然倒出两三粒已瘪了的干红枣——大门边，母亲曾种下一株枣树，红枣结得很多，家人顾不得摘，兀自落了一地，连渠沟里也落了不少，只是被雪掩住了。

过完春节，该踏上归途了，母亲总要问她带不带点花种子，像太阳花、指甲花、大丽花等花的种子，面对母亲的善意，她不忍拒绝。况且不能将家园搬到城里，能把家园那些许花香、些许美丽移植到城里，不也能慰藉思家的心吗？那一年四月，她把母亲给的太阳花种找出来，在阳台上种了一小盆，结果一个夏天，阳台上被五彩缤纷的太阳花装点着，美不胜收，让她愉快了一个夏天。后来工作越来越忙，每次从家中带回的花种子，都不知道让她塞到哪个旮旯角去了，待到想起来，不是已错过了种花的时节，就是心到手懒，最终阳台一片空寂。

面对空寂的阳台，她常常想，城市真是一个折磨人的地方，尤其折磨人的心，用欲望折磨你，用喧嚣折磨你，用诱惑折磨你，折磨得你身心俱疲，折磨得你习惯了这种折磨，变得日渐麻木……这里既不适合安放人的肉身，更不适合安放人的灵魂。难怪自己这么瘦呢，都是这些年来被城市折磨的，她不敢深想下去了。

家园在这种心境下，更是变得比她亲见的还要美丽，诱人。

离家20年，她从来没有亲眼见过母亲在春天栽种花草、菜蔬的情景，没见过花草、菜苗从土里冒出芽儿的情景，深秋十月，当她从城里赶回家时，指甲花都快谢了，大丽花也开始结籽，唯有蓝菊花在秋霜里傲然绽放，几只小蜜蜂嗡嗡地在花瓣、花心踯躅……晾衣裳的她透过花墙，看到披着白纱的冬瓜硕大得似乎要把瓜秧拽断，母亲怕冬瓜落下来，用数个纸箱子垫在冬瓜身下；丝瓜来不及吃，已终老在丝瓜架上。母亲说了，把瓜瓢掏出来，就是天然的洗碗布，回城里时一定要带上几个——一年洗碗够用了。

……

她现在能清晰地描绘出家园的图像了。家园么，就是飘荡着蓝色炊烟，有花有草有树，有狗有猫有鸡鸭的地方；家园么，就是你在外饱经沧桑后能回来倾诉、舔伤、疗心的地方；是你和土地面对面亲密接触，感受它深沉脉动的地方；是你不仅能很好地安放肉身，而且能更好地安放灵魂的地方。

川南的春天 |

一舟：

你好！

从川南回来一星期了，心还久久沉浸在川南的美景中，未能及时给你回信，望谅。

记得曾告诉过你，我对南方的向往最早缘自何其芳先生的那首《预言》——“这一个心跳的日子终于来临，你夜的叹息似的渐近的足音！我听不清是林叶和夜风私语，麋鹿驰过苔径的细碎的蹄声！告诉我，用你银铃般的歌声告诉我，你是不是预言中的年轻的神？你一定来自那温郁的南方，告诉我那儿的月色，那儿的日光，告诉我春风是怎样吹开百花，燕子是如何痴恋着绿杨，我将合眼睡在你如梦的歌声里，那温暖似乎记得，又似乎遗忘。”朗朗上口，热情优美，这首诗写尽了我拟想中的南方，从那以后，南方成了我心驰神往的地方。

尽管有着充分的精神准备，尽管川南还算不上其芳先生所描绘的真正意义上的南方，但一踏上川南的土地，当那怒放的桃花、梨花、油菜花和浓得化也化不开的绿树像电影镜头般相继从车窗外闪过时，川南春天的美还是让我的眼睛潮润了。为纯粹的自然景观落泪，平生只有两次，一次是十多年前第一次看到喀纳斯湖时，湖两岸山的庄严、肃穆，湖水的碧蓝和神秘深深震撼了我，我落泪了；还有就是这次，川南的天空因为多云的缘故，低而呈灰白色，灰白色的背景下，桃花的粉、梨花的白、油菜花的金黄及绿树的幽深构成了一幅美丽而略带忧伤气息的油画，它让人想起过往的爱情……

我特别注意到川南的树，无论刺桐、枇杷、芭蕉，包括桃树、梨树及一些叫不上名字的树，其枝干或叶片都像平摊的手掌般努力撑开，忘情地承接着雨露的滋润，树的颜色由此而变得油亮和幽深。这和我所在的大西北截然不同，西北的树也渴望雨露，但那多半是奢望，它的要务不是承接雨露，而是躲避风沙，降低消耗；你是到过大西北的，还记得杨树和松树的树形吧？树梢都直而尖削，以最大限度地避免风沙的侵袭和烈日的烘烤，西北的树由此练就了顽强的生命力。相形之下，川南的树要幸运许多。

跟以往的出行相比，此次川南之行最从容、最自由，也“行”得最彻底。我和同行的朋友一头扎在川南乡间，在一位姓王的大妈家住着，大妈满头银发，瘦小精干，虽已75岁了，还上山砍柴、背草，喂牛、养猪、放鹅。那是一种典型的川南人家的生活——古老的瓦屋坐落在山坳里的一片开阔地上，房前片片水田依山形而形状不一，水田旁是枯荣相间的芭蕉、竹林，院中有几只乌鸡正在刨食，看家狗阿黄眯缝着眼睛懒洋洋地趴在正门的廊柱旁，小花猫蹑手蹑脚地从阿黄身旁穿过——阿黄和这只花猫是对头，看似温和的阿黄常无缘无故地对花猫咆哮……

在川南，你能深切地感受到土地的慷慨赐予，我们在大妈家常吃的“折耳根”(学名“鱼腥草”)就长在田埂边，想吃了，沿着开满豌豆花儿的田埂用小刀砍敲点回来，洗净凉拌就是一道菜；还没播下秧苗的水田在春日的映照下冒着气泡，大妈的三儿子听说我们从没见过现抓的泥鳅和黄鳝，光着脚，提着个塑料桶就下了水田，不一会儿工夫，就摸了几条黄鳝和泥鳅上来，午饭就是红烧黄鳝和油炸泥鳅了，绝对新鲜，也绝对可口。

最可笑是大妈家的那头老水牛，大叔一大清早就拉着它去犁田，它似乎极不情愿，田刚犁完，大叔想给它洗洗脚上的泥再回牛棚，老水牛“出溜”挣脱犁头，头也不回，蹬着两只泥脚，径直往院中走去，穿过厨房，看也不看瞠目结舌的我们，从容钻回自己的棚圈，埋头吃起草来。

还有那只花猫，曾被大妈的孙儿闹着玩，砍过一刀的，被砍的地方毛脱掉不少，鼓起像蚯蚓一样的疤痕，但这丝毫无损它的聪明伶俐。那天晚饭熬鲫鱼汤时，原想所有的鲫鱼都倒在锅里的，没想剩下一条，敏捷的花猫不知怎么闻到的，“嗖”的一下蹿到灶台上，叼起那只遮在塑料袋里的鱼，箭一般地逃走了，用“迅雷不及掩耳之势”来形容一点儿不夸张。

在川南，猫、鸡、鸭、狗等动物跟人一样，生活得气定神闲，优哉游哉。

适逢清明祭扫，在川南，祭扫又有一种别样的称谓，叫“挂亲”。“挂亲”是川南仅次于春节的一项大型的家族凭吊活动，所谓“挂亲”有两解，一解为记挂、挂念逝去的亲人；一解为祭扫的响炮要挂在树上放才好；总之，这种称谓充满了人情味。“挂亲”的那些天，乡间小店的鞭炮、蜡烛、纸钱都销得特别好，村民们成捆成竹篓地买来用于祭扫凭吊，那情景甚是壮观。

逝去的祖辈们就埋在离自己房屋不远的山前坡后，或水田旁的油菜花地里，祭扫起来非常方便，有时坟前就留有一棵树，易于辨认，也易于“挂亲”放炮时方便。真不能小看了川南的浅丘坡地，弄不好就是谁家的祖辈安息在这里。川南就是这么奇怪,生和死挨得那么近,历史和现在和未来都铺陈在人们面前,一面是喧嚣热闹,一面是孤寂冷清;彼此孤立,又彼此联系;双方都照应着,因为相互存在而觉得温暖和亲切。

我发现川南的一切都是显性的、铺陈的,都毫无保留地呈在人们的面前。在川南,人们能找回童年、找回自然、找回人类原初的记忆;在川南,人们离真正的生活很近;或许只有在川南,人们才会觉得自己是在生活着的。

告诉你一个小插曲,在川南那个叫凉姜的乡里,一天雨夜醒来,竟然听到“我与草原有个约定”的美妙乐声,当时我禁不住泪水盈眶:在川南,我忘了我还能找回故乡!

我无法尽我的笔墨向你描绘完整的川南,建议你有机会还是去川南看看吧。相信你会很有收获的。

致礼!

馨林

拜城三记

在新疆生活了这么多年，因为职业关系，跑遍了大半个新疆，但居然从没去过拜城，说来让人惭愧。所以得知新疆作协组织作家到拜城采风的消息后，喜出望外，踊跃报了名。

——这是常情，一个陌生的、从没去过的地方，对人总是充满吸引力的。

时值盛夏，按常理推想，隶属于阿克苏地区的拜城县应该酷热得难以招架，故而采风团里的几位女士都带足了对付酷暑的“装备”——短裙、无袖衫、凉鞋、包括小小的扇子，没想到的是这些“装备”竟然无一派上用场——拜城地处南疆的纯北疆的县市，凉爽得如同置身于一个天然空调中，寻不到半点暑热。让人诧异的同时，惊喜不已。尤让人猝不及防的是，气候的特别仅是个开始，是拜城送给我们的见面礼，精彩的内容还在后面呢。

克孜尔：展示着信仰的力量

“明人不做暗事”，明人也不说暗话。驱使我们到拜城来的一个重要诱因就是克孜尔千佛洞。曾数次在宣传册上看到佛学大师鸠摩罗什在克孜尔石窟前的雕像，心中早已将克孜尔与这位大师紧紧联系在了一起，探访之意酝酿久矣！在我，另有隐情与敦煌有关，六七年前曾到过敦煌，三危山下的莫高窟让人大开眼界，徜徉于优美的线条、斑斓的色彩和那种成熟的石窟造型艺术中，乐而忘返，以至于立誓会二去、三去敦煌——敦煌石窟太让人震撼了。但有朋友告诉我，要想彻底了解敦煌石窟艺术，应该瞅机会看看你们新疆自己的克孜尔石窟，克孜尔比敦煌更早，它内容的丰富、复杂程度不逊于敦煌，只是规模、艺术成熟度不及敦煌。某种意义上讲，我是来了却六七年前的心愿的。

站在明屋依塔格山南麓的克孜尔石窟前，隔河相望的便是紫红色的却勒塔格山，山下是郁郁葱葱的树木，紧挨着绿树的，便是因克孜尔石窟而小有名气的渭干河。湖光山色，绿树点缀其间，就是不懂风水的人，一望也知道这是一块宝地。就克孜尔的外围环境而言，丝毫不亚于敦煌，只是明屋依塔格山、渭干河不像鸣沙山、月牙泉那样有名罢了。

在鸠摩罗什的雕像前伫立了很久。将这个雕像放在克孜尔石窟前,不知是谁的创意,画龙点睛,简直是神来之笔,真好。思想家、先驱者总是令人尊崇、景仰的,已被尊崇、景仰了1600多年的鸠摩罗什今后还将被景仰、纪念下去,足见出思想的力量,文化的力量。

因为不是行家,对克孜尔石窟艺术本身不敢多言,但对石窟艺术中所反映出的世俗化的生活尤觉亲切——雍容端庄、温柔安详的佛像充满了俗世的人情味;千姿百态的动物形象栩栩如生、逼真可爱;亭台楼榭、山水树木一派生机勃勃;而穿戴盔甲、骑着骏马的武士身着双领对襟大衣、腰束宽带、足蹬筒靴的龟兹供养人、回鹘供养人等都是曾生活在西域境内的各民族的形象。在一石窟壁画上绘有一种卷起尾巴的虎,与我们常见的老虎极其不同,据介绍,这是南疆特有的一种虎,早已绝迹,但至少它在被绘上壁画的时代,是存在着的。这就为我们了解当时的物种、气候留下了明证。

我们常说新疆是多种文化交汇、融合的地区,听起来似乎很空洞、很抽象,可在克孜尔石窟中这种文化交融能得到最好的诠释。在早期开凿的石窟中,部分佛像脸上的表情跟西方基督教中的圣母玛丽亚极其相似,慈悲、怜悯色彩很重,全然没有后来发展、固定下来的东方式、中国式的平和与宁静，包括佛像身着的冷色调的衣袍，也跟西方的审美趣味如出一辙，明显可见借鉴、模仿的痕迹，但到后来，随着佛教的盛行中原，佛像脸上的表情、包括衣袍色彩便逐渐明丽、趋中国化了。

据介绍，石窟的营造是极其艰辛的，克孜尔石窟的石质属砂质沉积岩，表面风化层比较疏松，稍加拂拭即有砂粒落下来。岩层内部却较为坚硬，开凿洞窟比较困难。为防止洞窟的壁画脱落，营造者们采用胶泥和用麦草、麻絮覆面的方式绘画，这样黏着性好，面又平滑。石窟中常见的明蓝色，原料据说是从海外运来的，价格极其昂贵，但营造者们不惜血本……

克孜尔向我们展示的是伟大的石窟艺术，更向我们展示了信仰的力量。山前草原，茫茫大漠，环境太艰苦了，尤其是在一千多年前，生存向人们提出了严峻挑战，没有信仰作为支撑，怎么活得下去？无法在沙上、无法在树上、无法在水上抒写自己的生命意志，那就在山上、在岩石上刻吧、绘吧，人类的灵魂需要飞翔……

“赛乃木”：奔涌着生命的激情

如果说在克孜尔石窟我们捕捉、感受到的是逝去的祖辈们的精神文化信息和部分生活图景，那么在赛里木镇观看、参与的一种类似“十二木卡姆”的歌舞表演“赛乃木”则让我们见证了今日拜城人精神层面的鲜活。

十多位打着手鼓的维吾尔族男人与十多位身着裙装的维吾尔族妇女在铺着花毡的宽敞葡萄架下翩翩起舞，男人大多五六十岁，女人则多在四十岁以上。不同于城里，男人中绝少大腹便便的肥胖者，立体感极强的面部洋溢着男性特有的精悍与阳刚；女人大都穿着或黑或蓝、裙边镶有小小装饰的深色中裙；他们或许刚刚喂完牛羊，或许刚把洗净的最后一只碗放进碗橱里，听说要表演“赛乃木”，便全都赶来了……山前草原的强烈阳光、戈壁大漠的无情风沙在他们身上刻下了深深的印痕，那张张黧黑的脸、那双双粗糙的手上写满了岁月的艰辛和沧桑，但这丝毫不妨碍他们快乐地生活，快乐地歌唱，他们把所有的爱、所有的情、所有的悲伤和希望，全都融在鼓中、歌中、舞中——那鼓声高亢、激越；那旋律明快、悠扬；那舞姿从容、优雅……

这就是为什么维吾尔歌舞总给人一种血往头上涌、忍不住站起来要唱、要跳的缘由。那歌舞有着一种在其他民族中少见的、涌动着生命激情的力量，你感觉他们不仅是在用心唱、用心跳，而是用命在唱在跳，用命去干一件事情，焉有干不好之理？

听到一段旋律极其忧伤的曲子，很想知道歌词内容，便请一位会汉语的维吾尔族姑娘帮忙翻译一下，小姑娘抱歉地摇了摇头，说“赛乃木”演唱的都是过去年代维吾尔人的生活、情感，他们这些年轻人不大懂，不会也不好翻译……我第一次深切地感受到语言不通所带来的缺憾。

特别注意到男人手上的手鼓，都很古旧，年龄越大，手鼓的颜色越深，岁月的痕迹越重；稍年轻些的，手鼓颜色稍浅，上面还画有自己喜欢的瓜果或人物图案；不起眼的手鼓啊，或许承载着一个男人一生的快乐和忧伤……

印象最为深刻的是一位个头矮小、头戴花帽、身穿“的确良”衬衣的维吾尔族大叔——现在谁还穿“的确良”衬衣？但可以看出这件衣服是他的礼服——有重要活动时才穿的，衬衣上明显有折叠过的痕迹，那是刚从箱子中取出的。最有意思的是大叔脚上的袜子烂了一个小洞，大拇脚趾探头探脑伸了出来，可这一点儿没影响他的兴致，他的舞姿优雅、高贵，舞步流畅、明快，很有节奏感，让人看着羡慕不已。不光跳舞的他自己陶醉于动人的旋律中，连我们这些观看的人也忍不住陶醉其中，从花毡上站起融入翩翩起舞的人群中了。

此“苏杭”也像天堂

在拜城去的最后一个地方，是那座地处大山深处叫做“苏杭”的维吾尔小村落。据县里的同志讲，“苏”在维吾尔语中是“水”的意思，小村落水源很丰富；“杭”同“杭州”的意思，汉族人把最美的地方“苏杭”形容成天堂，我们维吾尔人能不能把这个词借来用一用？“苏杭”就这样称呼开了。

拜城正在修葺通往西北方向的公路，一路上尘土飞扬，只有这会儿，我们才意识到自己是在南疆，在干燥、缺水的南疆。“再过一个月路一修好，土就不会这么大了”县上的同志解释说。

绕过原来的阿克苏地区化肥厂，走过一会儿平缓，一会儿陡峭的山路，大约70千米路吧，几乎在一个“山重水复疑无路”的山隘豁口，就那样“柳暗花明”地出现了一片开阔的绿地——这就是“苏杭”村所在地了。

清凉的空气，浅浅的山溪，啃着草的牛羊，麦草青青，苞米青青，桃树、杏树也青青。人的心情也像涨满了风的帆，畅快而饱满。想起了白居易那句有名的诗：“人间四月芳菲尽，山寺桃花始盛开。”用在这里，真是贴切无比。

季节在此像一位沉思的老人，不知不觉放慢了脚步，抑或它也被这儿的美景迷住，忘了自己肩负的职责？

村里的人自打一开春，可能没见一下子来这么多人，远远地望着，几个胆大点的维吾尔族小巴郎跟在我们身后，一旦我们停住，想跟他们打打招呼，小家伙又像麋鹿般四散逃去。

一位开手扶拖拉机的维吾尔族小伙看我们像要走长路

的样子，主动问我们愿不愿意坐他的拖拉机？恐怕有二十年没坐过这铁家伙了吧？一时兴起，和几位不愿走路的同伴跳上了“车”——清风、小径、柳树和“突突”响的拖拉机，那一刻，亦梦亦幻……在城里，多少回梦想能到这么一个地方来，没有烦扰，没有忙碌，没有电话，没有应酬，没有车水马龙，没有灯红酒绿，有的只是我自己和我的心，我要自己和自己说会话儿，我要让我的灵魂追得上我的身体，我要给被城市生活摧残得越来越孱弱的身体放个假，我要给始终飘在空中的心灵寻找块栖息地……

村里来了陌生人的信息肯定是让狗儿的吠声传遍各家各户的，坐在拖拉机上，透过柴扉，看见许多狗儿或叫或沉默，但都警觉地竖着耳朵；我还看见六月的苞米叶在正午的阳光下拖着长长的影子在清风中摇曳……

我的心如这里的季节，也在不知不觉中放慢了脚步……

阿依努尔·毛吾力提，哈萨克族，民俗学硕士，新疆作协会员，鲁迅文学院十六届高研班学员。出版诗歌译集一部。其他作品散见于《诗刊》《绿风》《十月》《民族文学》等文学刊物。主要从事汉语文学创作及哈萨克语文学作品的汉译工作。

阿依努尔·毛吾力提

阿 帕

阿　帕[1]

多少年过去了，想起你我依然哭得像个孩子，所以想你的时候我必须离开众人，需要一个无人的地方，避开所有好奇的目光，一个人去承受这样一场隆重的思念。多少年了，我一直寻找一个像你一样爱我的人，或者寻找一份像你给予我的那样的爱来填满我的心。可是，很多年过去了，那些爱情、那些友情依然无法填满的内心始终焦虑着，奔走于世间。那些谎称爱我的人或者曾经企图爱我的人都一个个离开了我，我像一个曾经享尽荣华富贵的人那样再也不能忍受贫瘠的爱。

从我记事起，你就担任着母亲的角色，虽然种种迹象表明，你只是我的祖母，但大家都坚守着这个秘密，我于是也假装不知情。是的，源于“还子”这样一个哈萨克族古老的习俗而诞生的秘密，众所周知又只能三缄其口的秘密，被大家不约而同地守护着。而你给予我的爱早已超过了任何一个母亲能给予孩子的一切，于是时至今日我依然无法对着自己的生身母亲叫一声妈妈。她无奈地远离了我的童年，而我也无奈地远离了这个称呼。而你，用你的爱霸道地占领了我的童年，我的少年，甚至是我的整个人生。

我把你唤作“阿帕”，这个称呼在哈萨克语中可以是年老的母亲，可以是祖母、外祖母、甚至可以是婆婆或邻居家的大娘。而我只把这个称呼当作是年老的母亲。是的，我记事时你已经五十多岁，所以你是我年老的母亲。我从小就是个极其敏感的孩子，那些往事点点滴滴，沁透在我的人生里，细细密密地，挥之不去。

在我的记忆中你是我的保护神，你无所不能，无所畏惧。可有一天我终于明白了你最怕什么。六岁那年我们去山上亲戚家避暑，晚上大人们聚在一起聊天，我和亲戚家的孩子在门口玩了一会儿觉得无聊，就在他们的带领下去了远处的邻居家看小人书。大概看得入神，也不知过了多久，忽然听到外面像是出了什么事情，感觉整个山村都沸腾了。我们跑出去，听到女人尖利的哭声撕破夜空，接着是冲向河边的纷乱脚步。在寂静的夜里，哭声格外凄厉，我被一种预感驱使着，不由自主地冲向那里。

果然是你，你披散着头发，嘴里哭喊着“我不该带她来的，我不该……”，绝望地一次次冲向河边，却又被人们拉回。我听到人群中有人在劝：“还没找到孩子，你别急着寻短见了……”你哭得更绝望了：“都这会儿了，就算捞出来了也已经没气了，我可怜的孩子，不被水淹死也已经吓死了，我活着还有什么意思……”有人在呵斥你：“不许说这样晦气的话！”

我被你的绝望和无助的神情吓住了，迟疑着不敢靠前，倒是亲戚家的孩子明白了事态的严重，拉住我的手挤进人群，人们惊喜交加，冲上去安慰着你。我呆在原地，我并不知道原来你是这样爱我的，我被巨大的幸福包围着，手足无措。你安静下来，足足盯了我一分钟，似乎不相信自己的眼睛。一分钟后你冲向我，结结实实地掴了我两巴掌。我被打得站不稳一屁股坐在地上，你嘴里那句“让你再乱跑！”分明已经带了哭腔。我的眼泪流下来，却没哭出声来。亲戚们一拥而上，抱起了我。他们知道从我出生就在你的呵护下没被人说过一句重话，今天在众人面前挨了打一定是吓坏了，我越克制他们就越要劝我。我隔着众人看着你，默默地流着眼泪，因为被你如此珍视而感到眩晕。亲戚们告诉我，晚上你们聚在一起聊了很久，你忽然发现我有几个钟头都没有出现了。于是大家出来找我，可是任凭大家喊破了喉咙，找遍了附近的沟沟坎坎，也没有听到我的任何声音。这时你想起来不远处的那条河，那是乌鲁木齐河的源头,每年夏天那条河都会吞没几条失足落水的生命。你不顾一切地冲向了那条河,亲戚们一边劝你一边打着手电开始了打捞。于是就有了刚才惊心动魄的一幕。

一直以来,我因为对自己身世的怀疑,过早地从别人的只言片语中知道了我并不是你亲生的孩子,至少我断定我不是从你温暖的子宫里爬出来的,不是喝着你的乳汁长大的,所以我幼小的心灵常会无端地担忧你不爱我,你有一天会轻易地离开我,那是我从记事起就害怕的事情。那个时候在我所有的梦境里都是和你失散,哭喊着找你,哭喊着从梦里醒来,摸到你在身边才能重新睡去。可是自从那个夜晚我再也没有做过那样的噩梦,我甚至仰仗着你对我的爱,成为整个家族最不可一世的公主。在这个家教甚严的大家族里,我是唯一一个我行我素的姑娘。我可以顶撞长辈而不受责罚,我可以买任何我想要的东西,也可以口无遮拦。我和亲戚里任何孩子有了争执,胜利永远是属于我的。我相信如果我要天上的星星,你也会想办法为我采摘。没有一个人敢对我指手画脚,因为所有的人都知道:不管我做了什么,我有一个随时愿意为我豁出命去的母亲。据说,家族里的长辈为此专门找你谈过,让你不要这样溺爱我,可你说的那番话却让所有的人落了泪,你说:“我一生都想生一个女儿没能如愿,她是真主给我的唯一的女儿,我没法不疼她!如果我做错了我情愿折去我剩下的寿数接受真主的惩罚！”

这些话我是后来偶然从家族里几个老人的闲聊中听到的，我回到自己的小屋，在黑暗中哭了很久，为了让你不要折寿，我要做个完美的哈萨克族姑娘，我不能让这样爱我的一个人早早地离开我，不管用怎样的方式，我要你好好地活着。为此，我可以压抑自己的天性，我可以忍受必要的委屈，我可以放弃自己所有喜欢的一切，只要你不离开我，只要你陪伴着我，失去这些又算得了什么呢？那些岁月，我神经质地害怕你生病，有时夜里忽然醒来如果听不到你的呼吸声我就会用手轻轻去探你的鼻息，我甚至没法容忍你太久地远离我的视线。记得我上三年级时你因为胆结石住院手术，那十天我日夜担心，担心你得了什么大病，担心所有的人向我刻意地隐瞒着什么。而你，出院回到家，看到心事重重、神情恍惚的我时，一把搂住我哭得肝肠寸断！我被你紧紧地拥抱着，呜咽着说不出一句话来。

你小心地呵护着我长大，也许是早产的缘故，我远比同龄的孩子娇弱，将我这样的孩子养大是多么不易的事情！一个普通的感冒可以让我高烧到昏迷不醒，醒来第一个看到的是你哭红的眼睛。一个普通的扁桃体手术，别人一个小时下手术台，而我的手术却做了五个小时，在手术室外等候的你昏过去两次。高二时我因为神经衰弱休学一年，这一年你所有的头发都白了。那个时候长胖是我唯一的渴望，我不想让你为我日夜担心。可我不争气，在你的有生之年，我的体重从来没有超过85斤。也许对于你而言我的健康远比我门门满分的成绩更为重要。为了成为你希望的人我竭尽了全力。我成了所有人交口称赞的好姑娘，优秀的学习成绩，姣好的容貌和修养，得体的言行举止……除了你希望达到的体重之外我几乎全都做到了。我并不觉得辛苦，因为你的爱让我温暖而甜蜜。

这样的幸福结束在了我大一时的那个寒假，我结束了和你第一次那么久的别离，从内地风尘仆仆地回来时，你已经卧床不起了。所有的人告诉我你只是慢性胃炎，而我从你吃的药打的针里知道你将不久于人世。食道癌晚期，医生连手术都觉得没有任何价值了。我夜夜流泪到天亮，我每天为你做饭，为你清洗被褥，为你洗澡更衣。我希望我的诚心能感动真主，能让你好好地活下来，如果必须有一个人离开，我情愿那个人是我！可我后来才明白，世上的一切通过努力也许我们都可以得到或改变，唯有生命是我们无法掌控的。

食道癌所要承受的饥饿和疼痛是常人难以想象的，可你咬紧牙关从不让我听到你的呻吟。你开始频繁地劝我回学校，而我固执地沉默，你常常为此无端发火，有一次你甚至用你摸到的吊针瓶子砸在我的脸上，打烂了我的额头。看着血从我的额头流下来，你努力想抬起头，却因为用力过猛昏了过去，我迅速叫来了医生，你醒来后摸着我包着纱布的额头，连哭的力气都没有了。我的心痛的让我无法呼吸。我没有办法想象没有你的人生！你是我从记事起就认定的唯一的依靠，你的爱在我的生活里无处不在，即使是考上大学，在那个远离你的城市，你依然是我活着的理由。而你似乎已经没有了求生的愿望，你常常偷偷地拔掉针头，你紧紧地闭着眼睛，不看我哀求的眼神。我不停地做着一个护工也不一定能做下来的事情，我让自己没有一分钟时间静下来去想，如果没有你我该怎么办？那个负责家庭病床的医生每次来都会劝我们："算了吧，病人太遭罪了，最好的止痛药都已经止不了痛了。"每一次我都会哭着求他："只要能让她舒服些，多贵的药我们都可以用。"最后，医生会叹气，抚摸我的头："没见过你这样执著的孩子，再熬下去你自己都变成纸人了！"是的，那个寒假，看着你吃不下一口饭，我也陪着你饿着。因为日夜流泪，视力也急剧下降。可是所有的一切都不能感动真主，你一天天虚弱下去，甚至有的时候你的神智都有些不清了。从那以后，我连真主都不信了。

有一个下午，你的精神格外的好，要和我说说话。想起回光返照一说，我惊慌失措，偷偷去自己的房间给医生打过电话后才来到你的身边。你帮我捋捋头发，感叹："看看我的女儿，多漂亮呀！"

我将脸贴在你的脸上："因为你漂亮，所以我才漂亮！"

你迟疑了一下，也许那个时候你想告诉我真相的。据说，对于“还子”，祖父母有义务告诉他们生身父母是谁，即使在这个世界不相认，生身父母辞世时也要以子女身份相送，否则祖父母罪不可恕，在那个世界也要遭受惩罚。你犹豫很久，最后说：“是呀，我年轻时真的很漂亮。”我松了一口气，你知道我细腻、敏感。所以你宁肯到那个世界遭受惩罚，也不愿在留下我一个人后让我再遭受真相的折磨。何况在心的最深处，我们都愿意相信，我们就是母女。为此，我的父母在心里怨了你一辈子。虽然他们从未提起，但在我此后的人生里，我深深感知了这一切。

谈话还在继续，你说：“阿依克，已经开学了，就早点回去吧。到学校了，就找个自己喜欢的人，毕业了就早早嫁了吧。”我又羞又急。关于恋爱，一直是我们之间讳莫如深的话题。你坚决认为自由恋爱是伤风败俗的事情，所以一再告诫我不要恋爱。我一直在心里好奇，你会怎样安排我的婚姻，而我早已准备好听从你的安排，只要你愿意，我可以嫁给任何一个你喜欢的人。以至于我后来在你离去之后彻底没了主张，对于那些众多的追求者，我想的最多的总是：你会喜欢谁？如果你在世，你会让我嫁给谁？有的时候，我甚至想，如果你在世，你一定没法把我放心地交给他们中的任何一个人，在你眼里，这世界上没有什么人可以配得上你的掌上明珠。

我点点头，算是答应了你。谈话越来越接近核心，我因为害怕而微微发抖。你说:“阿依克,我就要死了。你不要害怕,你要答应我,要好好活着,我是为了见到你,才坚持到现在,因为你要我活着,所以我一再坚持,可我太累了,孩子,你就让我死吧。孩子,人总是要死的,你就放手吧!”

我把嘴唇咬出了血,也没能忍住,“哇”的一声哭了出来:“不,不,我不能让你死,你如果死了就把我带走,我也不要活着……”你闭了眼睛,累得瘫倒在床上:“你不是我女儿,我没有这样不懂事的女儿!”

你知道我从小最怕听到的就是这句话,是的,听到这样的话我就会停止哭泣,即使默默流泪,也不会再发出一点声响。是的,你从小教育我要做个诚实的人。可命运一开始就对我们开了个大玩笑,所以我们一生都备受谎言的折磨,不能面对真相!

随即赶来的医生亲眼目睹了我的绝望,我坐在你的身边簌簌发抖,像秋天里枯树上的最后一片树叶。据说,医生告诉我的家人,他从没见过一个孩子会有那样绝望的眼神,希望我的家人小心看护我,一年后我从父亲口中听到了当时医生的原话:“这个孩子的承受力已经到了极限,如果让她继续这样,不死也要疯掉了。”也许是因为医生的这番话,家里乱作一团,亲戚里有威望的老人们轮番来家里看你,目的只有一个:劝我离开。我默默地迎来送往,举手投足间已经有了这个年龄的孩子不应该有的沉重和忧伤。来看你的人越来越多了,我夜夜无眠:只要我不放手,你有限的生命就要这样被不断地搅扰了!我扪心自问:为了不孤单地活着,我真的可以这样自私吗?

那是那个冬日难得的一个艳阳天。我和祖父架不住你的一再哀求将你推到院子让你享受了冬日的阳光。之后,我们一道悉心地给你洗了澡,给你换上了你喜欢的有着淡淡香味的内衣。我悉心地给你梳了头发。那天我们度过了一段少有的有说有笑的幸福时光。晚饭后我宣布了一个让所有人喜出望外的消息:我要回学校了。所有的人都松了一口气,你有些担心地望着我,只有你知道,我需要怎样的坚强才可以这样与你生生分离,在强颜的欢笑背后,我的心是怎样地流着血!

离别的时刻很快就到来了,走的前一天晚上,我像平时一样睡在你的身边。从我记事我就和你同睡,即使是我后来渐渐长大我们也睡在一起,只是各盖各的被子而已。很多人劝过你,可你不以为然:"她会害怕的!"是的,我会害怕的!大学四年,同宿舍的人无法理解我的梦魇。多少次我从梦中哭喊着醒来,只因为我与你在茫茫人世失散,再也无法相见!

那个晚上,我郑重承诺会好好活着。其实我对未来没有把握,我的包里早已装了一瓶安眠药,如果哪一天这个世界负了我,我会喝下它,去那个世界找你,那个时候我并不相信我可以孤单地活着。可是我终究活下来了,人生多少的坎坷,不管是这个世界负了我,还是因为那些我认为可以信任的人负了我,我终究活下来了。不是因为我有多么坚强,而是你那么信任我,你相信我言出必行。那个晚上得到我的承诺后你睡得多么香甜!我是多么想信守承诺,特别是对你的承诺!

第二天,我与你吻别,我们都没办法再假装坚强,我们都哭了,这一别就再也无法相见,闻讯赶来的亲戚朋友们纷纷落下感伤的泪水。邻居的奶奶们上前劝我,承诺会每天来陪你。我与她们一一吻别,将我的嘱托留在一个个紧紧地拥抱里。经历过生死两茫茫的离别,人生还有什么不能承受?!

我几乎是拖着自己几乎瘫软的身体走出院子, 坐上车的。我拒绝了家人让我坐飞机走的好心,选择了火车,我不想那么快远离你,哪怕是一种折磨,我也愿意一点点地离开你的气息。我一路沉默,躺在卧铺上无休止地流泪,回到学校我就病倒了。可我用沉默和泪水固执地拒绝了所有好奇和好心的眼神。我坚持每天上课、自习。只有在寝室无人的时候我才会放声哭泣。大概是父亲给学校打了电话,班主任默许我在宿舍休息, 但时不时会安排同寝室的人默默关注我的行踪。他们害怕我会忍不住跑回家甚至自杀。可我讨厌那些异样的眼神,我变得愈发敏感、孤独和固执。回校大约十天后我的胸口莫名地疼痛,这样的疼痛持续了三天,我不吃不喝地在宿舍躺了三天,默默地落泪。我知道你一定离开了我,你给了我那么多的爱,以至于除了你和你的爱我对人世的一切都不屑一顾,现在你却留下我一个人走了!我该如何面对接下来的人生?!

我坚持着,等待一个并不可能发生的奇迹。我在每一封家信的最后都会问:阿帕还好吗?谎言随之出现在回信中。“可以吃点东西了……”,“可以推出去晒晒太阳了……”我任性地难为着我不会撒谎的家人,他们用谎言编织着你越来越好的场景,而我情愿相信这都是真的。

来年夏天的暑假我又回到故乡,那么多前来接我的人,车也没有直接驶向家中,我便明白了一切。哈萨克族人的礼节,不会让亲人直接面对死亡,而要选择合适的人,合适的时间、地点通知噩耗,再让亲人去面对死者或坟墓。尽管心中早有准备,但依然心如刀绞。我配合了所有的人,用出乎他们意料的冷静与克制闻听了噩耗,然后是适度地惊讶,克制地哭泣。我只问了一句:“什么时候的事?”

“你走后十天,其实你走后她就拒绝了所有的治疗……”

我已经听不见任何的话了,果然是那三天,我的心绞痛从你合眼一直持续到你下葬。没有一个人敢通知我,可你用这样的方式告诉了我你的离去。

我起身漫无目的地走向外面,故乡的天很高很蓝,鸽子在空中优美地飞翔,鸽哨声悠远、沉静。我永远记得那天的阳光,一如我们吻别时那样灿烂……

红柳泉轶事

一、清泉　疯狗　我

我出生在乌鲁木齐市南郊那个叫红柳泉的地方。红柳泉没有红柳，只有一些茂盛的水草，现在的红柳泉连水草也没有了，成为一个纯净水加工厂。最后一次回到那里的时候，那眼泉已被厚厚的院墙包围，想必里边就是那个水厂吧。我有些怜惜那眼泉水，不知道那小小的一眼泉水能否满足一个城市的饥渴。

红柳泉有一个畜牧厅下属的牛奶厂，我出生的时候那里有十几户的哈萨克族家庭，一户维吾尔族和三到四户汉族家庭，那时候哈萨克族是奶厂的主体民族，其他民族倒成了“少数民族”，他们都是奶厂的职工，彼此和睦相处，不分彼此。奶厂附近就是广袤的农村，那里有很多的回族家庭，各民族的风俗习惯在这里都受到尊重，大家相处融洽。我就出生在奶厂的一个哈萨克族家庭，父亲和母亲是那里走出去的第一批哈萨克族知识分子，他们在城里工作，我在红柳泉和祖父祖母生活，所以至今我都认为自己是一个拥有城市户口的“乡下人”。

刚记事的时候，家家户户都没有自来水，红柳泉的水养育了几代人。祖父家住的坡下面就是那眼泉水，我的童年因为有了这眼泉而有了无尽的乐趣。乡亲们为了打水方便，将泉眼用石头围起来，只留中间一个缺口，泉眼附近就形成一个直径一米的蓄水池，大家从蓄水池里用桶舀水，再用扁担担回家。小蓄水池中的水蓄满后就从中间留的缺口处流出去，流向坡的更低处，形成一条清亮的小溪，流向下面的庄稼地里。小溪里有漂亮的石头，有小鱼、小虾，那里是我童年的乐园。那时的我因为家在城市，是早晚要走的“城里人”而备受小朋友们的冷落，我就常常一个人在泉边玩耍。我对泉水汩汩冒出的地方始终非常好奇，我时常将手伸下去，想按住那汩汩冒出的水，泉水并没有因为我的手的阻碍而停止下来，只是痒痒地从我的手掌下流出，痒的我咯咯地笑，笑累了我就顺着那缺口流下的水汇成的小溪一路跑下去，跑进玉米地里，将玉米棒上的穗子都辫成辫子。

玉米地是附近生产队的，归马大叔看管。马大叔家就在小溪旁边,马大叔是个寡言少语的人,他有一个女儿叫小美,是我儿时的玩伴。可以说小美是我的第一个老师,我的汉语就是和她在偶尔的嬉戏中学来的，后来我们又成了小学同学。小美家有一条漂亮的黑狗,浑身乌黑,四蹄却是白的,它一直为马大叔看家护院,威风凛凛的它却对我很友好,我们叫它大黑。漂亮的大黑却在一天夜里突然疯了,到处乱咬人,别人都劝马大叔把狗杀了，马大叔念在大黑跟了他很多年,不忍心杀它,就用大铁链将它牢牢地拴在后院,以免它出去伤人。

那是一个秋天的午后，我百无聊赖地来到红柳泉边,为树叶即将落尽冬天即将到来而有些难过,冬日里祖母是不允许我到泉水边来的,害怕我会失足掉在蓄水池中。我有些忧伤地环顾四周,远远看到大黑在马大叔家的后院狂叫着想挣脱那铁链,我心里一阵难过,想着如果大黑能治好病,就可以恢复从前的自由了。现在想来小的时候我们是多么善良,一个小动物的厄运足以让人落泪,渐渐地人长大了,人的心似乎也随着长大渐渐地长得硬了。

正当我陷入无尽的感伤之际，大黑突然挣脱了铁链,跳出院子,闪电般地向我奔来,我在瞬间明白了自己的处境,没命地向坡上跑去,大黑却很快地赶上了我,最后我放弃了奔跑,一屁股坐在地上,流下眼泪,闭着眼睛等待它的血盆大口咬向我，它湿热的舌头在我脖子上舔了一下，我无声地流着泪，缩作一团，然而等了许久都没有感到它锋利的牙齿刺穿我皮肉的疼痛。也许是我的楚楚可怜打动了它吧，它注视我许久突然离去了，我流着泪跑回家，断断续续地向祖母描述了事情的始末，祖母背起我就去医院打疫苗。可能是连惊带吓，当夜回到家我就病了，一直不停地说胡话。祖母惊慌失措，甚至请来了“巴格斯”(哈萨克族中念咒语驱鬼的“巫师”)也无济于事。祖父懂中医，号了我的脉后让祖母去红柳泉边拔了些水草，煮在锅里，熬成草汁让我喝下去，第二天我就又活蹦乱跳了。从此红柳泉边的水草成了祖母的“神药”，家里谁病了，她都要拿来试试。长大后我在一本古老的哈萨克文医书上看到原来这种水草叫“加勒不孜”，确实是一种中草药，具有祛火安神等功效。

二、饮马　节日　宰牛

小的时候，祖父有一匹枣红马，是奶厂配备给他的坐骑，相当于现在的那种小轿车吧。祖父儿时在草原上长大，像草原上的每一个哈萨克族人一样，祖父很爱他的马，祖父每天的生活里有一项重要的内容就是饮马。每天只要他从马厩牵出枣红马，它就雀跃着驮上祖父，飞奔向红柳泉，饮够水后，又撒着欢儿驮着祖父跑一圈才重新回到马厩。而我则执著地站在祖父饮马的路上，盼望有一天祖父也能带上我。也许因为我的血管里流淌的是哈萨克族人的血液吧，我并不像别的孩子那样害怕马，而是从心底想去亲近它。马也是通人性的，我在它必经的路上站了一周之后，每次跑过我身边时，它就放慢了脚步，祖父就从马上伸出手臂将我从地上拉起，稳稳地放在他的身前，枣红马飞驰而去，我的双耳灌满了风声，我兴奋地大声尖叫，引得路人都转过头来看我们。

我和祖父饮马的事情最后还是被祖母知道了，她和祖父大吵了一架，说祖父不管我的死活，居然让这么小的孩子跟着他骑着马去撒野，万一摔伤了怎么办。祖父不以为然，说："她是哈萨克人的女儿，就应学会骑马，要不然让草原上的人笑话。"得到祖父的支持，我也不失时机地开始哭闹，祖母气得骂我："不识好歹的疯丫头，白骨头没有你这样的姑娘。"我委屈地哭了一夜，祖母只好默许了我跟祖父去饮马，只是她越来越多地出现在我们每日必经的路上，远远地无限担忧地望着我，我狠不下心来熟视无睹地经过她身边，终于有一天，我在她的注视下，拉住了枣红马的缰绳，让祖母牵着我的手回家了。从此，我放弃了骑马，但我仍然会等在红柳泉边，看着枣红马饮水。有一次祖父摸着我的头告诉我一个故事。祖父的祖先是贵族，就是哈萨克族人当中的"白骨头"，而祖母不是，祖父和祖母结婚遭到了长辈们的极力反对，祖母受了不少委屈，因此，她并不希望将来的我再吃那样的苦头，她要把我培养成一个真正的贵族，不让我因自身的行为让人们怀疑到我的出身，从前哈萨克族是很讲究出身的，“白骨头”和“黑骨头”几乎到了不能通婚的地步。其实新中国成立后哈萨克族的这种等级划分基本上不存在了，年轻时的伤痕却在祖母的心中深深扎根下来了，虽然我当时年幼，但很能体会到祖母的苦心，所以很多年来我一直按照祖母要求我的那些规范去做，虽然狂野的心一再受到束缚，可我渐渐成长为一个勇敢、善良、正直的哈萨克族姑娘，也许这才是祖母要求我的“贵族风范”吧。

对于我们小孩子来讲，最快乐的要数过节了，“肉孜节”和“古尔邦节”是所有信仰伊斯兰教的各民族的传统节日，“肉孜节”又称“开斋节”是穆斯林群众经过一个月“封斋”之后的一个重大节日，这一天哈萨克族和维吾尔族家庭里都准备了馓子、油饼、糕点等食品，以供前来拜年的人享用，而回族人家则还有香喷喷的粉汤等着大家。肉孜节之后大约在七十天之后又是“古尔邦节”又称“宰牲节”。这一天家家户户要宰羊来感谢真主、祭奠祖先和亡灵，和“肉孜节”一样有丰富的食品摆在桌上，我们这些小孩子穿上过节的新衣服走家串户去给长辈们拜年，说句“阿依特恩孜卡不勒波斯恩”（意为节日快乐），就被领到桌前大吃，临走好心的邻居大娘们还会用花花绿绿的糖果塞满我们的口袋，到午饭时间我们就去回族人家拜年，又可以吃上热乎乎的粉汤，年年如此，乐此不疲。那时候家里的生活条件已经非常好了，不缺那一口吃的，可不知为什么就是喜欢那样热热闹闹地去吃别人家的。一直到现在，每年的这两个节日我都要去红柳泉，给那里的父老乡亲拜年，那些老奶奶们都像我当年的祖母一样迎上前来，将我拥在怀中亲吻我的面颊。我一直以为，这是我迄今为止受到的最至高无上的礼遇。

在我五岁那年，红柳泉发生了一件大事，使我几乎成了一个名人。那年的“古尔邦节”，厂里为了庆祝穆斯林的节日，决定宰一头牛，给家家都分点肉。一大早我就闹着要去看宰牛，祖母一边教育我在大庭广众之下不要乱喊乱跑乱讲话，一边给我穿上了一条大红色的连衣裙，还在我的马尾上扎上了漂亮的同色蝴蝶结，祖母哪里会想到那一条漂亮的裙子害得我差一点送了命。穿好衣服我就蹦蹦跳跳地跑向厂里。

厂里有一片冬天堆草料用的平整水泥地，牛被捆了四蹄躺在那块空地上，我站在牛的正前方，看到牛的眼睛流下了眼泪，我犹豫着想要离开，可是周围站满了人，我找不到一个可以出去的地方。这时，宰牛的小伙了念了几句经文，手起刀落，我闭上了眼睛，可是我听到的不是牛的哀鸣，却是人群中的尖叫，和嘈杂的脚步声。我睁开眼，看到的是牛挣脱了脚上的绳子，站起来了，那一刀没有切中牛的颈动脉，只是割伤了牛的脖颈，刚刚才流着泪的牛眼已经红得像充了血，硕大的空地上，只有我和牛对视着，四散逃开的人群突然看到我愣在原地，又想跑回来搭救我，可是已经来不及了，在红了眼的牛面前我的一身红衣裙成了斗牛士手中的那块红布，牛低吼一声，低下头，用双角向我顶来。我来不及尖叫，扭转身飞跑起来。慌不择路的我跑向了奶厂的最里面，我经过了加工室、锅炉房、运动场，牛紧紧地跟在我身后，它喷出的热气使我的连衣裙紧紧地粘在我的背上，我没命地跑着，来不及哭喊，泪水不断地流下来，也没空去擦。乡亲们分几路去堵牛，牛受了惊，跑得更快了，还是盯着我不放。恍惚听到祖父的大吼:“不要追牛，牛已经惊了！”我绝望地奔跑着，已经找不到奶厂的大门，我绕着运动场不停地转圈，除了耳边呼呼的风声我已经什么都听不到了，终于我看到祖父和他的枣红马出现在我的视野里，我像看到终点的长跑运动员一样，浑身一下子有了劲，我甚至还抽空回头看了牛一眼，那牛脖子上流了很多血，嘴里喘着粗气，双眼血红，我的心脏几乎跳出了胸膛，肺都像着了火一样。我离开了运动场，向东南方向跑去，我想起那里有一截院墙塌了，是用铁丝网拦着的，那是离我最近的出口。我拼命向那里跑去，牛紧追不舍，不知是那里来的劲儿，我飞身跃过了几乎和我一样高的铁丝网，牛也紧接着越过了那道铁丝网,我向家的方向飞奔而去,冲进了院门,用门闩将门顶起,牛用角不停地顶着门,我以为它会破门而入,我顺着厨房外面的梯子上了房顶,甚至还学电影上的那样将梯子推离了那道墙。我倒在房顶上号啕大哭,浑身软的没有一丝力气,后来我就什么都不知道了。

醒来时,祖母一家和乡亲们都围坐在我的周围,像看着他们失而复得的宝贝,我看到祖母脸上有伤,我问:“牛顶你了吗?”周围的人都笑起来,祖母红了脸,原来听说我被惊牛追赶,祖母从家跑出来,当她远远看到牛紧紧挨着那个小红点,她以为牛已经追上我了,就晕了过去,倒在地上把脸也磕破了,我来不及心疼祖母,就又昏昏沉沉地睡去了。据说,那头牛最后被祖父用草原上套野马用的方法,在马上甩着挽了套的缰绳套住的。牛是温顺的动物,但受了惊一样会伤人。

那年的秋天,我去附近唯一的那所小学去报名上学,刚开始学校认为我不够入学年龄而不能报名,但当他们听说我就是那个没被惊牛追上的小孩时就同意我入学了。也许他们认为我有跑步的天赋和特长,而事实上,我在那儿上了六年学,却并没有成为他们期望的长跑冠军,相反每当我结束每次的长跑训练后都会晕倒,不知是因为太累还是因为太紧张,久而久之,也没有人再要求参加这样的训练了。很多年后,我才渐渐明白,我只是因为求生的本能而创造了一个生命的奇迹，而奇迹是不会天天都出现的。

三、还子　哭歌

我小的时候能和祖父祖母在一起生活，说起来是得益于哈萨克族古老的风俗——还子。

"还子"是哈萨克族古老的风俗，家里的长子或长女结婚后生的第一个子女要送给自己的父母，这个孩子被称为"阿帕巴拉斯"，意为祖母(外祖母)的孩子(阿帕：祖母或外祖母；巴拉斯：孩子)，这个孩子就将自己的祖父祖母或外祖父外祖母称为父亲、母亲，而与自己的父母以平辈相称。据说是古时候子女这样做是为了孝顺父母，父母将他们养育成人，为了报答父母的养育之恩，他们将自己的一个子女送还给父母，让他(她)代替自己在父母膝前行孝。后来也不再局限于长子长女，任何一个孩子的任何一个子女都可以送还给父母，成为"阿帕巴拉斯"。"阿帕巴拉斯"从生下来就和祖父祖母(外祖父外祖母)生活在一起，小的时候可以带给老人很多快乐，长大以后又可以照顾年迈的老人的饮食起居。现在草原上的哈萨克族这种风俗依然存在，而生活在城市里的哈萨克族"阿帕巴拉斯"仅仅作为一种名称存在了。

我就是这样一个"阿帕巴拉斯"，我的祖母生育了五个儿子，我生下后不久就被祖母抱去当"女儿"喂养了，所以祖母一直称我为她的"江各孜莫",在哈萨克语里是"唯一"的意思,她视我为她的"唯一"的女儿,万般宠爱,她给予我的远远超过了一个母亲所能给予我的一切,可是她却并没有等到她的"江各孜莫"在她的膝前行孝,就匆匆地走了。

我上大一的那一年,她得了食道癌,我在寒假回到她的身边,那个寒假,娇生惯养的我在一夜之间学会了做饭、洗衣、干家务,当我把一生中做的第一顿饭端到她的枕边时,她的泪哗哗地流下来,那时候她已经咽不下任何食物,只能在枕边闻一闻饭菜的香气了。我每天变着花样做饭,可她真的什么也吃不下了。她到去世也没告诉我我是她的孙女而不是她的女儿,我也装作不知道,在内心深处我们都渴望这不是真的,所以我们都选择了沉默。

祖母去世的那一天我已回到校园,没有人通知我,可我在千里外依然感应到了她的死亡,我去了电信局,却不敢打电话证实她的死讯。我就自欺欺人地认为只要我不打这个电话,她就会好好地活着。可是那让人窒息的胸口痛整整陪伴了我三天,直到她下葬。

家人没有通知我是怕我长途颠簸,影响学业,或者怕我伤心过度,一病不起,事实上我也有意地回避了祖母的葬礼,我不敢参加她的葬礼,因为我不会唱"哭歌"。在哈萨克族人的葬礼上,死者的女儿、儿媳或妻子都要唱"哭歌"送行,甚至在葬礼后长达一年中，有葬礼上未曾谋面的亲戚或朋友来探望，都要以“哭歌”迎合。“哭歌”也是哈萨克族古老的风俗，是哭着唱的一种歌，清唱，没有伴奏，歌词多为即兴创作，唱腔悲切，催人泪下。丧礼上死者家属唱的哭歌多以缅怀死者为内容，来吊唁的人唱的哭歌多以劝生者节哀为内容，一唱一和，让人肝肠寸断。很久以前，如果一个哈萨克族妇女不会唱哭歌，那是会被人耻笑的，即使是现在，会唱哭歌的人依然很受尊敬。

在祖母的葬礼上，作为她“唯一的女儿”我应该唱着哭歌为她送行。可是那个时候我是不会唱哭歌的，于是我有意无意地回避了她的葬礼，她是爱面子的人，如果她“唯一的女儿”不会唱几句哭歌为她送行，她会面上无光的。而我的在外求学，正好避免了这种尴尬。来年暑假，我终于学会了这种哭歌，可是在我学会哭歌的那天我的祖父意外地去世了，我流着泪却唱不出一句歌词，在心中我总觉得祖父的死和我不停哼唱那不吉利的歌谣有关，哭歌总是和悲伤联系在一起，我希望我一生一世都不要再有机会去唱它。

祖父祖母去世后，我离开了红柳泉，来到自己城市的家中。如今在这个城市我已经生活了十几年，可是我依然像一个过客，我始终无法让自己融入这个城市，我不停地收拾行囊，不停地以旅行的名义一次次出发。城市就是陆地，不适合用鳃呼吸的鱼类。

我时常重复这样的梦境，在梦里我又回到了红柳泉，打开我一直珍藏的那对腮，静静地，静静地沉入水底……

来自蒙古国的巴特尔汗

说起巴特尔汗这个人,我总是忍不住要笑。他是来自蒙古国的哈萨克族,我丈夫的朋友,认识他的时候他还不满三十岁,看他的长相你绝对难以相信。我刚认识他的时候以为是丈夫家的某个长辈,着实对他恭敬有加。

认识他时我正在休婚假。一天中午他毫无预兆地突然出现在我家,丈夫简单介绍了他之后就匆匆去忙他公司的事了。我只听清了他的名字,凭他略显苍老的面孔就已断定他是丈夫来自牧区的长辈。因此我略显慌乱地将他的行李安置在客房就忙着去烧奶茶了。

等我将各种食物摆满餐桌,将茶壶茶碗归置停当就去客房请巴特尔汗入席。让我大吃一惊的是,他放着客房的床不睡,却躺在客房的地毯上闭目养神,门也大敞着。我站在门口进退两难,只好大声咳嗽。他慌忙从地上一跃而起,跟在我的身后进了餐厅。

他看上去很久没有尽兴地喝过奶茶了。他不慌不忙地一碗接一碗地喝着奶茶,喝的满脸都是汗也不去擦,我不能撇下他去忙活午饭的事情,只好帮他一碗接一碗地续茶,气氛沉默而尴尬。终于在大茶壶的茶即将见底我起身准备再烧一壶时,他摆手制止了我:“嫂子,不用再烧了!”

我目瞪口呆地望着他,疑心自己的耳朵出了问题,“嫂子”他刚才是这样称呼我的吗?看到我的惊讶,他显然误会了我的意思,他慌忙说:“如果您想烧,我……我可以再喝一点。”听到这话我哭笑不得,只好又烧了一壶奶茶。于是,我们这两个生长在不同文化背景下的哈萨克族人正襟危坐在客厅里,喝了整整一下午的奶茶。临近傍晚,我才终于有机会走进厨房,做了一顿丰盛的晚餐。

哈萨克族人的礼节是晚辈在长辈面前不能毫无顾忌地说话,即使是平辈之间,陌生男女间的相处都是非常拘谨的。所以我和巴特尔汗虽然喝了一下午的茶,但几乎没怎么交流,我对这个人几乎还是一无所知,只觉得他淳朴而木讷。晚上丈夫回家我才从他口中得知,巴特尔汗才二十七岁,在蒙古国做了疝气手术后引起了严重感染,所以来乌市重新做了手术,他来我家居然是为了养病!虽然哈萨克族热情好客,家中客人不断是司空见惯的事情,但在我们的蜜月里,居然要和一个陌生的大小伙子共处一室对我来说实在是一个挑战,何况丈夫白天总是很忙,连午饭都不回家吃。想起未来的日子里我每天都得穿着正式,行为得体地待在家里和巴特尔汗不停地喝茶,我的头都大了!

虽然极不方便极不情愿,但此后的日子我对巴特尔汗以礼相待,把他当做丈夫的亲戚一样对他无微不至地照顾,甚至有的时候我也陪他逛逛街,帮着他不厌其烦地和小摊小贩们讨价还价。他一句汉语都不会说,茫然地看着我,不知所措,而我又不太擅长还价,所以往往费了好大劲也讲不到他能接受的价格。所有的东西在他看来都贵得离谱,我不知道蒙古国人民的生活是怎么样的,难道日用品的价格低到白送的程度?在我家住的那些日子,巴特尔汗没买上太多的东西,倒是我练就了一身砍价的本领。从这一点来说,我心里倒有些感激他,他的节俭让我不由自主地审视自己的生活,让我从一个对钱没有太多概念的姑娘转变为像一个真正的家庭主妇一样进入柴米油盐的生活。他先于我的家人,先于我的丈夫教会了我如何节俭地生活。

有的时候我也会在邻居们异样的眼神下带着他去我的娘家做客。唉!有什么办法呢?家里那么热,又不能穿着睡衣和他待在家里，带他出去走走也比待在家里不停地喝奶茶或者大眼瞪小眼地坐着强！邻居们爱怎么想就怎么想去吧，事到如今也管不了那么多了。巴特尔汗始终憨笑着在我的家中，没有半点不自在，时间久了我也渐渐习惯了。从有限的交谈中我得知：巴特尔汗排行老五，哥哥姐姐都做生意，他也在学着做生意，经过在乌鲁木齐的多方考察，他准备回家开个蛋糕店。

他的想法让我有些吃惊，因为他似乎和厨房很绝缘的样子。让一个这样木讷且于制作食品一无所知的人开个蛋糕店，实在是件不可思议的事情。但他似乎已经下定了决心，他的理由是，他们那里的人热衷于各种性质的聚会、婚礼等集体活动，且爱面子讲排场，喜欢模仿欧洲那边搞个几层蛋糕什么的，所以蛋糕什么时候都供不应求。虽然我对他是否能制作出那种几层高的蛋糕始终怀疑，但还是竭尽全力来帮他。我为他联系了一家招收学徒的蛋糕店，并买来一些他日后可以制作并销售的食品让他吃。虽然他从不致谢，但我可以感受到他的感激。

有一次我炸了些虾片给他吃，他大为感叹，看着一个个薄薄的片片在油锅中变成另外一副样子，他啧啧赞叹，向我投来敬佩的眼神，似乎我成了魔术师。晚饭时，他依然难以抑制他的敬佩之情，他红着脸，由衷地对我说："您……您真的太厉害了！可以告诉我，您是怎么做到的吗？”

我窘的不知如何是好，只好期待丈夫能给他讲明白。丈夫回家时我把这件事当做笑话告诉了他，丈夫听完哈哈大笑，答应向他说明。但之后的日子里，巴特尔汗看我的眼神似乎多了些毕恭毕敬的成分，我忍不住问丈夫：“你到底怎么给他讲的？他怎么看我的眼神像看着神一样。”

丈夫轻描淡写地说：“我告诉他你是萨满的后代，你家祖上有过女萨满。”

我气得无语：“你怎么可以告诉他这个！”

丈夫满不在乎：“我是跟他开玩笑的。”

我真是哭笑不得，敢情他真的拿我当神了。在蒙古国的哈萨克族虽然也信奉伊斯兰教，但萨满教遗风尚存，他们至今相信萨满无所不能，当然他们也和我们一样在伊斯兰教传入之后，萨满改称巴克斯。萨满不再跳神，给人治病或占卜都加入了以真主的名义等伊斯兰教化的内容。在我们这里，随着医学的发展，人们似乎也不太相信巴克斯了。但在蒙古国他们似乎依然发挥着一定的作用。所以对我这样萨满的后代巴特尔汗怎么能不恭敬呢！

那些日子，巴特尔汗每每聊天就打听我祖上那位萨满的故事。看到他充满期待的眼神我只好搜肠刮肚找出些她的故事讲给他听。在我很小的时候她还在世，当时她已经100多岁了，但耳聪目明，她的眼神很奇特，盯着人看时让人感觉很舒服，不由自主要去信任她。她的眼睛是一种海一样的蓝，论辈分，我是她的玄外孙，记忆中我小时候几次莫名其妙得的病也确实是被她莫名其妙地治好的。讲到她治病的经历时，巴特尔汗显得非常兴奋，他仔细地打听了每一个细节，我甚至有些怀疑他是不是也想从事这个行当。他多次感叹：她要是活着该多好！似乎他比我更希望我的玄外祖母活着。也许他觉得如果女萨满活着，他就不用在医院受手术之苦了吧。后来的很多事情才让我明白巴特尔汗为什么不相信医生而情愿相信萨满。不管如何，巴特尔汗对我是越来越恭敬了，简直到了言听计从的地步。我觉得好笑，却又没法改变他的行为，索性由他去吧。

那年的秋天，巴特尔汗才动身回到蒙古国。之后的几年中，巴特尔汗很少出现了，但我们一直通过电话保持着联系。听说他成家了，听说他的蛋糕店也开起来了，生意虽然没有他预期的兴旺，却也没有我担心的那般惨淡。巴特尔汗凭着他的坚韧不拔的毅力，一直坚持亲自制作蛋糕，亲自出售，维持着还算不错的生计。而我们在这些年间有了自己的孩子，丈夫的事业也经历了一些动荡，并最终有了一些起色。我也从一个娇生惯养的女子成长成为一个训练有素的主妇。让我感动的是，孩子出生没多久，巴特尔汗千里迢迢地赶来，为孩子送上蒙古国民间手艺人手工缝制的一件皮毛马甲，看了一眼襁褓中的孩子，送上他的祝福就风尘仆仆地离开了。我永远忘不了这个木讷的男人看着孩子的那种温柔眼神。

在初为人母的喜悦和慌乱中，时光飞逝。期间，巴特尔汗为了生意上的事又来过几次，每一次他都会为我家的宝贝儿子带来礼物。看他那么喜欢孩子却又迟迟不要小孩觉得有些奇怪。有一次忍不住问他："你们为什么不要孩子呢？"

他很惊讶地反问我："要孩子？怎么要呢？"

我的脸刷地红了："这个……你得问问我老公……"

当晚，巴特尔汗和我丈夫在客厅聊了很久，鉴于他下午的唐突话语，我不好意思在客厅听他们聊天的内容，但我实在有些好奇，就躲在隔壁偷听。

起初也只是闲聊，后来巴特尔汗终于切入正题："你们这里真的可以要孩子吗？怎么要呢？"

我可以感觉到丈夫的惊讶和尴尬："你结婚这么些年了，这个还要我教吗？"

巴特尔汗沉默了很久，又问："那么，要孩子需要很多钱吗？"他又接着说："不过多贵我都可以要的，只要有人肯给。"

我和丈夫几乎同时明白了，我们生活在两个文化背景下的哈萨克族人对"要"这个词的使用原来是有区别的。我们说的"要孩子"是"生孩子"的意思，而他们说的"要孩子"是要来一个孩子。客厅内外都陷入一种难耐的沉默中。

巴特尔汗解释:“我们结婚这么些年了,一直没能生个孩子……”我不忍心听下去,去了孩子的房间。儿子已经熟睡,发出均匀的鼾声。我轻轻吻他的小脸和小手,在心中不断庆幸此生能拥有一个这样的精灵。

后来听丈夫说,巴特尔汗在蒙古国做的那次疝气手术也许就是他失去生育能力的元凶,他后来去我们这里巴特尔汗住过的医院查过他的病历,询问了他当时的主治大夫,得知巴特尔汗可能永远都不会有孩子了。丈夫和我都没有告诉他这一事实,我们都期待会有一个奇迹发生。一个这样喜欢孩子的人怎么会有这样的遭遇。

据说,萨满的灵性是天赋的,通常会遗传给家中的某一女子,有时也会隔代,而我作为萨满的后代,也许有一天那种灵性在一夜之间会附到我的身上来,让我也成为一个呼风唤雨的萨满。而我一直害怕这样的可能,我贪恋平凡的生活。但是从那时起,我却忽然前所未有地渴望那种灵性,如果能为巴特尔汗呼唤来一个孩子,那么成为一个萨满又有什么不可以呢!

别了 三工河

有人说:女人的出嫁就是人生的第二次投胎。所以我一再珍藏自己,直到遇到我的丈夫,才小心翼翼地牵了他的手,唱着我的哭嫁歌,嫁到了天池脚下三工河畔的这个小山村。当这里的乡亲用淳朴的笑语迎接我,当三工河用滔滔的流水拥抱我的时候,我长长地松一口气,一颗心终于有了着落。

由天池流出的三工河水哺育了这个有着四千多人口的小山村。冰川雪岭的森寒、高山湖泊的奇景、浩瀚松林的幽深、耸立山峰的壮丽,动人的民间神话传说,养育了一代又一代的哈萨克族人,而今,我也成了他们中的一员。

我们的院子很大,大约有四亩地,院子里有果树,有丁香,各种各样的花花草草。我和丈夫又种了一些菜,植来了一些松树。婆婆有两头当地的土牛，产奶量虽不高，却能保证我们一年四季都能喝上新鲜的牛奶。牛奶的纯度极高，煮熟的牛奶结着厚厚的奶皮，蘸着婆婆自己打的馕吃下，是在星级酒店也吃不到的美味，更别提婆婆自己制作的酥油和酸奶疙瘩了。我们还有十几只羊和一大群鸡，那些吃着天然的青草，喝着三工河水长大的羊和鸡的肉质鲜美的无与伦比，对于我这样无肉不欢的人，更是天赐的美味。

这里的家家户户都通了自来水，但我和婆婆还是喜欢去三工河挑水喝。挑水的时间通常选在清晨或傍晚，那时日头不是很毒，我们灌好水后坐在河畔的大石头上歇一会儿，让风儿吹在我们的脸上，这时婆婆就会讲些往事，我的心便会随着她的思绪，随着三工河水向岁月的深处流去。

我们的正屋是三间泥坯房，冬暖夏凉，对面还有两处砖房，一处是婆婆为我们置办的新房，我们却没有怎么住过。在院里的几棵老树下散布了几座毡房，我和丈夫愿意住在院子里的毡房中。曾经婆婆用这几座毡房办了接待站，也的确有不少游客在这里流连忘返，后来却因为很多游客任意摘取她的花花草草，践踏她的草坪，婆婆毅然放弃了她的营生，让她的家园恢复了昔日的宁静，毡房却被保留下来了。那些雪白的毛毡，那些美丽的牛角纹饰装点的毡房让我终于回到了梦中的家园。

婚礼那天，这些毡房成了我们挥洒技艺的舞台，哈萨克族姑娘小伙子们唱歌跳舞直到天亮。当我身着哈萨克族传统的结婚礼服，向婆婆屈膝行礼时，婆婆老泪纵横，也许她是在替过世的公公又了了一桩心愿而喜悦，也许她是为公公没有活着看到这一幕而伤悲吧。哈萨克族妇女的一生都是隐忍与奉献的一生，出嫁前为父母奉献，出嫁后为丈夫、公婆奉献，老了为孩子奉献，可以忽略自己，牺牲自己。这种传统的美德被代代相传，不管外面的世界多么浮躁，它已渗透到每个哈萨克族妇女的血液中。

不管我们的婚礼多么盛况空前，很快就被人们忘记。这个天池脚下的小山村就和天池湖水一样波澜不惊，我们的生活也很快归于平静。只有一些鲜为人知的快乐悄悄地驻足于我的内心，让我一次次地感激命运，这是我离开儿时的红柳泉之后找到的最好归宿。三工河水滋润了我，让我离内心的生命如此接近。也许我的前生真的是一尾鱼，而我在那个离海洋最远的城市里生活的太久太久。西出天山的三工河，带着博格达的体温，给了我栖身的水域。

虽然没有出生在草原，虽然也没能依偎在飘着牛粪清香的炉火边长大，但我终究是一个哈萨克族人。血脉里流淌着对牧场、对雪山、对河水天然的迷恋。那些渗透在骨血里的情愫，成为每一个哈萨克族人心中挥之不去的记忆，成为一种辽远的乡愁。每一个哈萨克族人心中都藏着一个漂泊的灵魂，它不是舒适的城市生活能够安抚的，也不是任何锦衣华服的生命所能承载的。

每当夜晚，一家人吃过晚饭，我就独自来到三工河畔。皓月当空的夜晚，便能见到哈萨克族著名诗人阿拜诗中描绘的“无风的夜里一轮明月，映照着水面的涟漪”那种优美的夜色。诗人的这首诗就像是为我们而作。诗人曾亲自为这首诗谱曲，那浪漫和悠远的曲调让我忍不住一遍遍吟唱，躁动的心也就在这诗与歌，水和山的安抚中渐渐归于平静。

婆婆一生孕育了六个孩子，有十个孙子孙女，一到寒暑假他们就从不同的城市来到这里，度过他们无拘无束的假期生活。那时的我真是身兼数职，我是他们的老师、保姆、厨师、校外辅导员，他们与我形影不离，甚至在晚上他们也要睡在我和丈夫身边。这些在城市长大的哈萨克族小孩子们说着流利的汉语，舅母、婶婶地欢呼着，奔走于这个院落的每个角落。他们中有一两个使用自己的母语已经很吃力了。这让我有些难过，那么优美的母语，他们为什么可以忘记呢？

曾经，阜康这个小县城因为天池景区开发而撤县改市，成为著名的旅游城市而被更多人所熟知。旅游为这个城市注入活力，改变了阜康的命运。而今，旅游又改变了三工河畔这些小山村的命运，当然也改变了我的命运。为了更好地建设天池附近旅游生态区，国家投资对三工河畔的农牧民进行迁徙，我们的小山村也在迁徙之列。纵然有万般不舍，但婆婆还是流着泪率领子女推倒了我们的老屋和毡房。自来水已经停了，我们一趟趟地去三工河挑水，最后一次浇灌了我们的花花草草，我们的青松白蜡，我们的苹果海棠。婆婆请来了毛拉举行了隆重的宗教仪式，以这种庄重和肃穆向她生活了半个世纪的家园做了最后的告别。

挥手作别的时刻，婆婆哭得肝肠寸断，我的心也一样无法承载这离别之痛。我的三工河，我内心的清凉之泉，我今生的栖身之所，我认定的最终归宿，却最终离我远去。命运之神再一次将我遗弃于干渴的城市！疼痛让我无法呼吸，思念让我泪流不止，干渴让我用泣血的喉咙反复吟唱“无风的夜里一轮明月，映照着水面的涟漪……”

寻找达斯坦演唱大师

第一次去福海是在2009年的一月，汽车行驶在茫茫的阿勒泰的雪原上，路边被白雪覆盖着的树木飞快地掠过车窗，如我迫切的心情一般。从我听说哈孜木·阿勒曼老人的那天起，从我听说这位能演唱一百多首哈萨克族达斯坦的奇人，就生活在阿勒泰福海县的这个小村庄起，我就无时无刻在盼望着这次远行。

见到老人是在两天后的下午了，在阿勒泰地区文体局局长和国家一级指挥哈布拉德老人的带领下我们到达了号称“别墅”的老人的新居，老人正坐在自家的炕上抽着烟，见到地区文体局的局长老人礼貌地起身打了招呼，举止间可以看得出老人对这样的场面已经司空见惯了，简单的寒暄过后送走了领导,老人便张罗着让儿媳给我们倒茶。老人个子不高,也不是我想象的那种白须飘飘,但自有一种威严让人产生敬畏感,看到我有些拘束,老人开始主动和我聊起了天。

哈萨克族民间有一个谚语:不认识的两个人,刚一聊原来大家都认识,再一聊原来是熟人,再聊深入些居然是亲戚。就这样一顿茶的工夫,我和老人也攀上了亲,我和老人的妻子居然是一个部落的,于是我们就真的成了亲戚。哈萨克族从古至今非常看重部落认同,一个部落的人走到哪里都是亲人,不认识的人问候过后都会询问对方是什么部落的,这种习惯一直延续到今天。有点像汉文化里的老乡情结。于是,我们像真正的一家人那样围坐在炉火边,在正午的暖阳里听老人讲起了他的传奇。

一

哈孜木·阿勒曼老人1930年出生于福海县阔克阿尕什乡的一个牧民家庭。父亲阿勒曼是乡里的阿訇,识文断字。父亲希望哈孜木·阿勒曼子承父业,于是在他八岁的时候送他去了学习经文的学校读书。当时乡里没有清真寺,所以阿訇也和乡里的牧民一样过着游牧生活,哈孜木·阿勒曼也跟随父亲长年辗转于春夏秋冬四个牧场间。因此哈孜木·阿勒曼在经文学校里断断续续上了五年才完成学业。而这却为他一生中记忆和传承哈萨克族达斯坦打下了很好的基础。在经文学校里他就表现出了过人的记忆力,不仅能轻松地记诵成篇的经文,更是能对所有看过一遍的文字过目不忘。

当时的哈萨克民间常在盛大的婚礼或节庆活动时会邀请著名的阿肯和达斯坦说唱艺人表演,当时比较著名的达斯坦说唱艺人有波开加哈什、阔克斯根。因为阿勒曼阿訇也比较喜欢弹唱,所以常带着哈孜木·阿勒曼出入这样的场合,年幼的哈孜木·阿勒曼对达斯坦说唱产生了浓厚的兴趣,因为观看达斯坦的场面常常是人山人海,所以哈孜木·阿勒曼这样的小孩子只能是在毡房外面听一听。就是在这样的日子里,哈孜木·阿勒曼从波开加哈什的演唱中学到了一些哈萨克族达斯坦。一个偶然的机会,波开加哈什听到了哈孜木·阿勒曼在演唱他演唱的一些达斯坦,不仅内容分毫不差,连音调都模仿的惟妙惟肖,看到波开加哈什面露喜色,哈孜木·阿勒曼乘机向他提出了学习达斯坦的请求,没想到波开加哈什满口答应,并当场向他传授了一些演唱的技巧,从此哈孜木·阿勒曼追随着波开加哈什去了不少表演达斯坦的场合,并有机会结识了很多达斯坦说唱歌手,其中包括阔克斯根,也向他学习了一些哈萨克族民间达斯坦。在他们的带领下得到了一些登台亮相的机会,人们都开始认识这个"达斯坦奇巴拉","巴拉”是哈萨克语小孩的意思。“达斯坦奇”指的是达斯坦说唱艺人，随着年龄的增长，哈孜木·阿勒曼自然就成了远近闻名的“达斯坦奇”。

那时候的草原是诗的海洋、歌的天堂。春天会有“那吾热孜节”，家家户户会互相拜年，阿肯弹唱、达斯坦说唱自然也是节日的一部分；秋天牛肥马壮的时刻又是婚礼的高峰，那时候的婚礼会持续好几个星期，草原上的毡房就是“达斯坦奇”的舞台，人们呼朋唤友，通宵达旦地聚集在毡房的内外如痴如醉地听那些英雄们的传奇或者是那些缠绵的爱情。这样的草原文化才会产生《阿勒帕米斯》、《萨里哈与萨满》这样的诗篇，这样一个热爱诗歌的民族才会诞生哈孜木·阿勒曼这样的达斯坦演唱大师。

在之后的几十年中，哈孜木·阿勒曼一直活跃于民间，虽然那个时候还没有引起政府的关注，但他因为成了一名“达斯坦奇”而经历了一些别人不可能经历的事情。毕竟哈萨克族民间达斯坦说唱艺人不是以自己的技艺为生，那些说唱是不收取任何费用的，他一心扑在达斯坦的演唱上，虽然他的技艺得到了大家的尊重，但并没有为他带来经济上的任何利益，而且将大量的时间花在达斯坦的记忆和说唱上甚至影响到了正常的放牧，所以哈孜木·阿勒曼的日子还是清贫的。五六十年代在国家收集整理各民族民间口头文化作品时，哈孜木·阿勒曼凭着其超常的记忆力为哈萨克族达斯坦的搜集整理工作做出了很大的贡献，他的技能也逐渐被政府所重视。然而好景不长，“文革”期间民间文学也成了毒草，哈孜木·阿勒曼辛苦整理的唱本也被红卫兵付之一炬。伤心的艺人敢怒不敢言，但他知道他们可以烧去那些手稿，留在他记忆里的达斯坦却是他们无法抹去的。从那以后他再没有使用过任何唱本，单纯凭着记忆演唱达斯坦，直到2008年才在政府的要求下开始整理自己的唱本。见到他时，他刚刚手写完自己的手稿，104首达斯坦，厚厚的十几本手抄本，都是他凭着记忆一笔一笔写出来的。据说有人出十万元买他的这些手稿，老人拒绝了。他觉得那是大家的财富，他不能据为己有，更不能拿去卖钱。

二

从1982年开始，哈孜木·阿勒曼开始活跃于疆内的大大小小的舞台，2008年三月他被命名为自治区级非物质文化遗产项目哈萨克族民间达斯坦（叙事长诗）代表性传承人。但荣誉对于他似乎一直是一个可有可无的东西，那些奖项和证书大多都已经丢失了，留在他的记忆力的只是那些华美的诗篇，如果不是亲耳听到他的说唱，我真的难以相信我的母语原来是这样深邃的一种语言，当那些璀璨的诗句以我的母语特有的颤音送达到我的耳边的时候，我总是忍不住泪流满面。

在阔克阿尕什乡的那些日子里，他毫不吝啬地将他喜欢的达斯坦一首一首地唱给我听，我安安静静地聆听，默默地流泪，轻轻地叹息，为刀光剑影的英雄征战热血沸腾，为缠绵悱恻的草原爱情愁肠寸断。有的时候老人结束一首达斯坦后会停下来，似乎是在回味又似乎是在等待。每当这个时候，我就会惭愧地低下头去，因为我对母语的认知是何等的浅薄，我要用什么去和这样一个达斯坦演唱大师去交流。

老人最爱唱的是那首《阿乐泰苏露恰西》，这首达斯坦是一首马哈巴特达斯坦（爱情长诗），诗中的女主人公苏露恰西是贵族家的小姐，阿乐泰是苏露恰西的母亲嫁过来时陪嫁的一对奴隶所生的孩子，奴隶的孩子自然也就是奴隶，哈萨克语称作“库勒”。当时的哈萨克族社会门第观念是十分浓厚的，那时候的贵族称为“白骨头”，“白骨头”的孩子永远是“白骨头”，“库勒”的孩子永远是“库勒”。达斯坦中这样描绘了阿乐泰的出生：

他的出生没有“恰秀”来相迎，
他的出生没有“哈勒加”共分享
他的出生没有“奇勒碟哈那”的欢腾

即使是命名为“阿乐泰”的日子

他的耳畔也没有“阿赞”的启聆

这段诗句用寥寥数笔勾画出了一个出生于“库勒”家庭的孩子的悲惨命运，哈萨克族文化中非常重视新生命的诞生，出生时的诞生礼、命名礼都是人生中的大事，与之相关的宗教仪式、庆生活动都是必不可少的人生礼仪，可以说没有这些活动的举办这个人的人生就会显得不完整，这样的诞生和牲畜的繁衍几乎等同，毫无尊严可言。当老艺人用略带颤音的哈萨克语唱出这几句诗文时，不禁让人潸然泪下。即使是时隔几年后我在电脑上打出这些诗句的时候那情景依然历历在目，让我忍不住泪如雨下。从小就开始接受系统的汉语教育的我，总是习惯于从他者的角度审视自己民族的文化，有意无意地疏远于自己的文化，总以为只有这样才是一个本民族学者能够客观看待所有文化的态度。然而当老艺人把这些华美的篇章呈现在我的面前时我才真切地体会到：不管任何一种语言和文化如果不用心去感悟它，那么就意味着你永远不可能了解它，自然就更没有评论它的资格。

语言在我看来是最为奇特的，上面的诗文在哈萨克语中句句押韵，唱起来朗朗上口，意境表达得十分凄美，然而翻译成汉语就少了那种味道,如果没有听过老人的演唱或者没有学习过哈萨克语的人可能确实无法体会。这首达斯坦不过几百行,全部演唱完只需一个多小时,然而可以说句句都是经典,我甚至找不到任何一个合适的词来赞美这些诗句。老人用他特有的曲调将听众带入这首爱情长诗的氛围里,就是这个无足轻重地来到人世的阿乐泰成长成为了一个健康勇敢的英雄少年,甚至让他的主人的爱女,出生于富豪世家的千金小姐也爱上了他。两人不畏世俗的相恋自然会在当时的哈萨克族社会掀起悍然大波,在经历了种种磨难后,这对恋人在朋友的帮助下毅然私奔, 在度过短暂的甜蜜相守之后,女主人公苏露恰西意外地被老虎所食,男主人公阿乐泰在奋力杀死老虎之后,在心爱的人的遗体旁自杀殉情。全诗没有一处提到门第,却让人处处感受到等级观念的森严,全诗也没有一次说出爱情一词, 却通篇都让人体会到缠绵悱恻的爱情。在所有人都以为有情人终成眷属的时刻,女主人公却葬身虎口,似乎又隐喻了命运的不可抗争。让人在同情男女主人公的同时又痛恨权贵,感叹命运!而所有的这一切就是由这位演唱大师用朴实的演唱,含蓄的语言将如此凄美动人的故事呈现在你的眼前,他用心去歌唱,而他要求的仅仅是用心的聆听而已。

在阔克阿尕什乡时,我问老艺人表演时会不会受观众的影响。他当时这样对我说:“我不在乎舞台有多大,也不在乎听众有多少,但我在乎他们对我唱的内容的关注。”据说在一次地区级演出时,由于下面的观众进进出出,交头接耳,老艺人愤而辞演。可爱的老人为了捍卫达斯坦的尊严,不惜得罪前来劝说的领导,坚决拒绝上台,为此得了个“倔老头”的称号。

三

第一次去老艺人家时我带了专业的设备,甚至还请了专业的摄像师,因为并不了解具体的保护和传承情况,所以是带着抢救非物质文化的决心去的。然而一个小小的意外却改变了我的初衷。在到达老艺人家的当天,因为新疆日报社记者采访老人,再加上福海县非物质文化遗产办公室工作人员在老艺人家中拍摄到很晚,感觉老艺人有些疲惫,我们放弃了当天的拍摄计划,将所有设备放在老人家的客厅的柜子里,我们在紧挨着客厅的卧室里住下。别墅里是土暖气,夜里炉火熄灭之后屋子里奇冷无比,我们每人盖了两床用骆驼毛填充的被子还是冻得手脚冰凉。我们一边感叹阿勒泰的寒冷,一边感慨住在我们旁边卧室的老艺人是如何度过这漫漫长夜的。

第二天我们吃过早饭就开始拍摄,老艺人很配合地坐在我们指定的位置等着拍摄，摄影师却发现我们的摄像机居然冻裂了，根本没法正常拍摄，我们一下子傻眼了。摄影师说他去过很多地方拍过很多东西因为从来没有碰到过设备被冻裂的情况，所以也没做好防范措施。我们的拍摄计划只好搁浅了。

午饭时我们忍不住问老艺人，这么冷的屋子怎么住人？老人笑着说，“我在山上的房子是破旧了点，但很暖和，房子小，用的煤也不多，挺好的。但是政府关心我，为我这样一个普通牧民花了这么多钱盖了房子，我怎么能抱怨房子冷呢？其实如果白天多加点火，晚上也不会那么冷，只是煤太贵了，所以我们就省着点烧，也习惯了。”我听着有些心酸，却不知道说些什么好。离开福海县前，我找了个机会把这件事告诉了一位领导，他当下就黑了脸：“政府花了几十万给他盖了房子，他舍不得花几千元把房子烧暖和了住，难道也是政府的事情，难道他还抱怨不成！”我一再申明这不是老人家的意思，我只是说明了我看到的事情而已，领导的脸色才有所缓和。此时的我才真正理解了老人的话。

还有一件事也让我困惑，时隔一年后我再次去福海县时，听说县里已经将老艺人记忆的一百多首达斯坦整理成四册书即将出版。我在为老人记忆中的这些达斯坦将以文字的形式被保存和传承而欣慰的同时，我又忍不住问了这样的问题:既然老艺人为这四册书提供了自己凭着记忆记录整理的几千页的手稿,那么稿费应该付给老艺人还是编者?得到的回答是斩钉截铁的“当然是付给编者。”看到我质疑的眼神,回答者又说道:“当然哈孜木·阿勒曼老人应该也拿到些钱吧,不过不是稿费。”

我为此又查阅了相关的规定,甚至也仔细阅读了专利权的相关法律条款,在《著作权法》第六条规定“民间文学艺术作品的著作权保护办法由国务院另行规定”。2001 年修改后的《著作权法》仍然保留了这一条,但这一规定迟迟没有出台。所以哈孜木·阿勒曼老人的劳动应该获得怎样的报酬真的还无法可依。目前我还未看到这套书的出版,也不知道老艺人是否得到了一定的报酬,但有一点我敢肯定,不管老艺人是否得到什么,他一定不会为自己去争取。

哈萨克族民间文学以口口相传的方式传承到了今天,当我们对这样一位传承者因为保存和传承了这样宝贵的财富而心存感激时,他却说:“我只是一个普通的牧民,却因为有了这些达斯坦让我拥有了一个别样的人生,我能保存它传承它那是我的幸福!”

第二次离开阔克阿尕什乡时,老人亲自把我送到县城,还十分抱歉地对我说:“每次你都冬天来,冻坏了。”并邀请我来年夏天再去福海,他和家人会在夏牧场欢迎我。我好容易忍住眼泪，可敬的老人与我素昧平生，就因为我对达斯坦的关注而如此毫无保留地信任我。

谨以此文献给哈萨克族达斯坦演唱大师哈孜木·阿勒曼老人，希望他健康长寿，也希望这一年的夏天能在美丽的夏牧场聆听他的演唱！

李丹莉，国家一级作家，20世纪70年代生人，现居乌鲁木齐。中国科普作家协会会员，新疆作家协会会员，新疆首届儿童文学获奖者。现致力于文学创作、科普理论研究，连续五年在少儿期刊开创“丹莉讲故事”科学童话专栏。所著散文作品以及科学文艺作品荣获全国散文大赛一等奖、世界华人散文大赛二等奖、中国西部地区科技图书一等奖以及其他各类奖项。

李丹莉

泽百纳的忧伤

解百纳的忧伤

当黑色雾霭无声拢聚。当夜的气息在尘埃里漂浮。当月光的触角伸向灵魂的深处。忧伤就像漫上来的海水，默默侵蚀着海岸。礁石静立。细沙流走，再流走。我看着夜色凝重的窗外，窗外传来海风吞噬与呜咽的声音，薄雾在风的摇曳中袅袅飘动。远方一片空灵，那里没有故事，只是一片心的荒芜。繁华何时走向衰败？忧伤从此伴随着暮色如期而来。如同一首宁静的诗迷失在岁月的黄沙里。

我总是独自面对这样寂静的午夜，为自己开启一瓶解百纳，记忆随着木塞开启的声音被打开，往事依着酒精的气息飘上来。杯中流转血的颜色，那是柔曼轻纱般暗红的色彩，我笼罩在这浓郁的光晕里，仿佛穿越在晓风冷月的彼岸，衰败的枯草暗示生命轮回的密语。那个关于永恒的追问永远不给我答案。我只能看见流年中的我自己。一切如流水般命定在一条线上,那是一场无可更改的航行。无论岁月怎样变换。

我曾经相信爱情,在我最美的年华里。

我曾经孤单忧郁,在我最美的年华里。

在这样一场本是繁华盛宴的人生之旅,我辜负了欢乐和幸福。

我的那些比海风寂寞,比落花忧伤的日子。青春横呈在祭台上,我终以失败告终,流年的岁月里,美丽不复再来。解百纳诉说着一切,以流血的悲伤。那是梦幻般斑驳的记忆。就在这个房间里他在我身边,我贴在那个宽阔的胸膛上,听见了沉稳而有力的心脏跳动。那个时候窗外月光热烈而美好。我们温热的臂膀。交付的灵魂。燃烧的爱情的火焰。

在这个房屋里我做了新娘,后来我又做了母亲。我随着时间成长。

他时常在我耳边说:“我爱你,永远永远。”

是什么让爱的誓言在时光流转中无力负重,或许那誓言从说出口的刹那就呈现了轻薄代表着背叛?

我曾心似琉璃,与他相约一生。我的朝朝暮暮,日起日落,四季流转。当我全身心地投入,却不知爱情如同浮光掠影,它不会永远凝固在那个瞬间,红地毯上步履蹒跚最终留下我们远去的背影和破碎无声的脚印。

他迷失在一个落英缤纷的园地，被前方扑朔迷离的诱惑召唤，那其实是蛊惑的墓地，周围枯黄的衰草提醒过他，可他一意孤行向前走，像中了魔法抽空了的身躯。

他总是背着我做一些事，我听到了关于他的各种信息。我始终保持沉默，等待着他的解释，哪怕是心照不宣的弥谎。我给了他很多次机会，希望他迷途知返。但他放弃了这些机会，他不认为那是一条迷失的道路，枯草深处有不谢的花期，他编织着故事走向诱惑。

“你还能回头吗？”我问过他。

“是你误会了。”他闪烁其词。

“你还要继续吗？”

“已经走到这一步了。”

这便是我们的爱，在夜光中闪出流离的游丝。

爱情在平淡的流年里败下阵来。

我们并不争吵。我不问他那个关于诚实的话题，我怕我们谁也说不清。爱，成了他和我之间奢侈的话题，他小心回避。那双熟悉的眸子里满是歉疚，他欺骗着自己，看不到我们由此拉远了心的距离。

我在这个冰冷的屋子里写作。爱的忧伤是可以描述的，衰败的困惑是可以描述的，谎言可以描述，承诺也可以描述。

我不想让痛苦和现实纠缠太久。我在精神领域寻找慰藉和永恒。我们彼此不讲话。我的沉默,我的支撑,我自己内心流出来的血。

他仍然固执地离开,不打招呼突然离开,然后冷不丁在某个深夜他突然用钥匙转动这个家的门锁。我总是在睡梦中被惊醒。他永远也不会知道一个女人在深夜突然听到家门开动的声音,会是那样的恐惧和惊秫。

是的,他什么都不知道。

他总是突然回来取了东西又走,从不过问这个家里的事情。我隐忍着也不过问他去了哪里,我们在清冷中度过一天又一天。

夏天的时候,他给孩子买了很多礼物,一件比一件贵重。

那个夏天我起草了协议,为他收拾了衣柜,打好了行李箱。那个夏天我封闭了自己,而他没有看出来。在他最后一次离开家的时候,我换掉了门锁,他的钥匙再也转动不进这个家门,我让他永远走出了我的空间。

尽管他为此感到委屈和愤怒。

我抽离了我自己,一寸一寸的伤痛。

这对于我来说是致命的打击。

分手是平静的。他走以后我拼命打扫房间,一遍又一遍寻找角落的灰尘。然后使劲擦拭,如同抹去记忆。

那些照片在我收拾房子的时候突然散落了一地，与照片上的人对视的刹那，隐忍了很久的眼泪喷涌而出。照片上的人是我们吗？我甚至怀疑那么阳光灿烂的笑容到底属不属于我。相拥的身影证明着曾经的爱恋。每撕碎一张，就是对爱情又一次的告别。

心，累得无力跳动。

没有前途，没有情感，无处依靠。

这就是现实。

我们的分手让很多人震惊，他们说最不该分手的两个人竟然也分手了。

我陷入了极度的忧郁和迷茫。我伤残了自己，那个时候没有人能够拯救。我在暗夜中支撑。没有道路，只有眼泪。连宁静的时刻也不轻松。我无法面对失败。记录那个时刻的文字总是充满忧郁与绝望。心的破碎。爱的破碎。信念的破碎。我开始喝酒，由此爱上了一种叫解百纳的红葡萄酒。

然后夜夜解百纳，酒醉的灵魂在暗夜里哭泣。唯有我深知那哭泣的疼痛，迷醉中总是听见那海浪汹涌拍打礁石的声音。似乎有潮湿的空气，夹杂着繁华衰败的枯黄。乌云密集雾霭沉重，海浪一遍又一遍地拍打过来。我为什么总是听见海的声音，海是我的救赎吗？

秋天的时候我只身去看海，在渤海湾的一个港口，我登上一艘叫银河王子的游轮。

依然是黑色的夜从远方靠近，甲板上人们已陆续回房间睡觉，只有我一个人默默地看海，看着烟波浩渺的远方。游轮在海上的航行似乎也是默默的，任何物体都不出声音，没有灯塔，没有一丝亮光，连清凉的星光也没有。海风吹来，穿过萧瑟静寂的时空，一次次撩动我的长发，那气息是苦的，风是苦的，海也是苦的。模模糊糊的海岸线召唤着游轮款款向前，像是神秘的咒符或者预言沿着命定的航线分毫不差地向前驶去。

雨下起来了，淋湿了我的衣裙，海风让我颤抖。刺骨的寒冷。我多想看见他从海的那一端走来，一如从前拥我入怀，陪我一起伫立在斑驳的甲板上，我们把心贴在一起，即便是一起埋葬关于落花衰败的故事。

但这是一个人的海。

这也是一个人的往事。

我们越走越远，最终失去彼此。

由此我掉进一片海的漩涡，没有港湾，双眼迷蒙看不见来时的路。

什么是永远。我问眼前的一片海。

永远就是到达天涯的距离。海水柔情脉脉，像洒满月光的夜晚我们曾经彼此交握的手。

我摘下挂在胸前的那颗碧绿的翡翠,握在手里那样地不舍与牵挂,这颗翡翠刻印着我们的爱情。我以为那碧绿就是永恒的颜色,它汲取了我十多年的心血更加温润剔透。我最后一次吻了它,最后一次。

然后我把手中的翡翠抛向大海,远远地抛出去,让一个关于永恒的疑问留在浩瀚深邃的未知世界里。既然它经受不住平淡的流年,让我亲手送别,让我亲手伤残自己。在接近水的刹那,那温润的碧绿突然发出刺眼的光,凌然旋起的片片落红挥剑翻飞,划出一道悲凉的弧线,那些弧线在大海上升腾,血珠四射。

疼痛像海浪一样袭来,我浑身战栗,无助地靠在栏杆上抵抗悲劫窒息的疼痛。没有人看见。我被那疼痛折磨得满脸是水,也许是汗,也许是雨,也许是泪。天空很深,海风很近,雾散去又重新聚拢。甲板上一片黑暗和沉寂。

我不再问询什么是永恒。我曾以为爱是永远的精神和信念。可是永恒没有栖息之地,一任沧海化作桑田,救赎亦是决然隔断。

天空开始泛白,我看到了太阳离开大海时的隔断,如血的光芒证明挣脱的痛苦。那是凄厉的挣扎。海平线在惨烈中变得弯曲。那是最后的牵扯。太阳最终跳出大海,隔断往日的纠缠,跳出了所有的疼痛和眼泪。天空恢复平静,海浪漫过沙滩,远方留下爱情完结的荒芜和冷漠。

我渡过了海上那个漫漫长夜,以女人的坚毅,女人的承受与支撑。

让以后的岁月洗涤不堪回首的往事。坚韧之力是唯一重要的,这一切也许是我的人生之旅的重要的一程,经历和承受才可能悟出爱的徒然。

我带着女儿,过起独居的单身女人生活。很平静很淡泊的家庭生活。每天早晨我送女儿上学,然后去上班,下班的时候我赶到学校接她回家,我带她学肖邦、莫扎特、贝多芬,我陪她看电影、滑雪、旅游,竭尽全力给她快乐。

我把这个屋子重新布置一遍,换掉了旧日的家具,甚至那些首饰。我要适应这种生活,这是个漫长的旅程,没有爱情,没有偎依,要独自支撑这种生活,可以如此终生。

没有爱的困扰,没有感情的心,这段旅程是不是就能轻松释然?

冬季的雪落下来,落在我的发根里。我独自写下一些散文,散文对于我是流血的文体,唯美的意境里有着彻骨的疼痛,它们有着诗的灵魂在其中挣扎。所有的文字都是穿心而过,我的一寸一寸肌肤,都落满心中的痛。

写作让我变成有事业的女人。其实我写作的时间并不多,因为我白天的工作与写作无关,只有夜晚来临的时候,才能有时间真正面对自己的灵魂,它脆弱又孤单地在黑夜里震颤,在解百纳的陪伴中学着坚忍。

喜欢我文字的那些女性，她们发来邮件和我一起倾诉，给我写长长的信告诉我心中的伤痛和秘密,温情伤感,真挚美丽。她们总在我的空间里最早看到我的文字,然后告诉我读后的感受。男性读者很直率,他们用各种方式表达,说你并不孤独因为我们都爱你。去年秋天有个年轻的男孩子,在大雨滂沱的周末,穿过半个乌鲁木齐送来一大束玫瑰,他说读你写的文字的感觉心总是很疼你要坚强你要好好爱自己。远方的编辑女友在深夜读着《做一回佛前哭泣的玫瑰》落下泪来,她说你干吗那么残忍,总是把美丽的文字写得如此悲恸。

感动是无言的。他们的理解有多深感动就有多深。那些关爱出乎我的意料。我原本只是为了倾诉,我只想把爱的伤痛和迷茫写下来,孤单地进行着艰辛的步履。我没有顾及读者的感受。很多与我相近的灵魂,他们懂得字里行间每一个心灵的瞬间。我甚至有些内疚,带他们走进了脆弱的内心世界。

我也想写钢铁般坚硬的文字,可我没有这个能力。

我不是女强人。我承认我的脆弱。夜幕降临当我独自面对自己,万家灯火总在最遥远而缥缈的地方昏黄而温暖。空旷的世界里落英缤纷。孤单的我默默等待着我自己,荒芜的心没有任何知觉,我写关于衰败的故事,让心中的血倒流。在微醺的午夜,缝补破碎的信念。

杯中的解百纳,那是葡萄的眼泪。

我让它不哭不哭。

我让它不哭不哭,葡萄还是流泪。

我留下那眼泪,它们被文字凝聚酝酿,那是迷醉的梦幻的深邃的清高的,有着诗一般的疼痛和坚忍。凤凰在涅槃的时候,一定和我有同样的悲伤和执拗,但凤凰坚守着,不让灵魂失落。我把一颗柔情、善良的女人心奉献,让文字在暗夜的枝头上轻轻起舞,任凭灵魂煎熬。这是我们共同完成的精神劳作。我诉说着解百纳的忧伤,只有你深知那忧伤的疼痛。

诉说是为了诀别。

我的朋友,不要为我担心,我想在震颤中在消沉中在解百纳的忧伤中重整旗鼓。

你的莫扎特 |

你关掉了肖邦,你对我说,你喜欢莫扎特。

那天下午,阳光暖暖地照进客厅,尘埃在光束里漂浮起舞,空气透着淡淡的馨香,我把一束盛开的玫瑰摆放在茶几上,肖邦在耳边萦绕,肖邦的旋律跌宕起伏,像挥着枪戈的军队,带着灿烂的辉煌勇士般地挺进,再挺进。

你从卧室走出来抗议说:“妈妈,你总是听肖邦,那声音那么激烈动荡,可我不喜欢打仗。我喜欢莫扎特,莫扎特的旋律是悠扬的,莫扎特一定是个温和可亲的人。”

你把肖邦换成莫扎特,我们顿时沉浸在优雅轻灵的乐曲中,我继续摆弄我的玫瑰,你坐在沙发上,眼睛流离在窗外,那一刻你安静极了,直到莫扎特之声消失,你转头对我说:

“妈妈美丽的声音是能看得见的,我刚才看见了花开的声音。”

那天你缠着我问了很多关于莫扎特的问题。还有你喜爱的圆舞曲。

由此你记住了一个地方叫维也纳。

“维也纳这个地方美吗?”

“美,当然美。那里有森林,有快乐的小鹿还有暖阳。”

“我要去维也纳,那里有莫扎特?”

我说莫扎特已经离开了这个世界,《维也纳森林》是小约翰·施特劳斯创作的。莫扎特把魅力的声音留在我们的时空,但他的音乐没有名字。你说不对妈妈,我坚信维也纳的森林里有莫扎特,不管是谁或者在哪里,走近音乐灵魂必定是相通的。你清澈的眸子里闪烁着明亮的光,那里面充满了渴望,有梦幻,有诗和流转的旋律。

莫扎特成了你的向往,你一遍遍听着莫扎特的旋律,那音乐带你走进一片深绿的大森林,森林里有蓝精灵和小红帽,有快乐的小熊和小鹿,而你还告诉我森林里有一棵你的梦想树,那树的枝叶像大海或者天空一样是蓝色的。你的梦想插上天使般洁白的翅膀,飞向梦幻般温热的地方。透明的星辰伴着银亮的月亮,泉水“叮叮咚咚”召唤着你的渴望。你的梦想树在微风里摇曳起舞,有个美丽的仙子穿过青青的草地来到树下,她轻拂那些蓝色的树叶,你送给她一个微笑,你拥抱了那仙子。这是一个属于莫扎特的美丽的故事。

你就这样在莫扎特的向往里一天天长大。

在每个入睡前的夜晚，你总是提起莫扎特和你想象的一片森林。

莫扎特的天堂之音穿透黑夜，我们穿越在以往和今后的时间里，我听见你承载的翅膀与蓝树叶摩擦的声响，"沙沙沙"，那是你的渴望。

有一天，你闪着黑色的眼睛告诉我，"妈妈，我也想弹琴，我也要描述我的森林。"

于是那一年我用积攒的稿费，为你搬回了一架琴。那是我给你的礼物。看到琴的刹那，你的眼神明亮。你拍着双手说："妈妈，我能弹奏出莫扎特那种美妙的声音吗？"

我没有回答你。我只是抚摸着你的脸颊说："从今以后，这琴就是你的朋友。它将永远伴随着你，你可以用它表达你的心情。你要是高兴就弹高音区，要是生气就弹低音区。"

你迫不及待地用右手食指在高音区敲出你心中的快乐。你说你以后要走进森林寻找莫扎特，你还要去寻找那棵长着蓝树叶的梦想树。

那一夜我们让琴声在空旷的夜空中响了很久，很久很久。你一个人独自在你的小屋，迷醉地听着琴声，听着那琴声在暗夜的悠远中弥漫。那个时候我就站在你的身后，我默默注视你很久,很久很久。

我坚定了让你学琴的信念,坚信琴会成为你最可靠的朋友,学琴的道路很长很苦,就像人生的路,会遇到很多艰难险阻,你要学会承受,学会释然。我希望以后当我不在你身边的时候,那琴能忠实地分享你的喜怒哀乐。

学琴的日子开始了。从最枯燥的五指练习,音阶,乏味的练习曲开始。你每天大量的时间花在练琴上,你从此没有时间和伙伴们做游戏,没有时间看动画片。

你总是被绑在琴上。日复一日。

你不耐烦起来,你说太枯燥了,那些练习真无聊,你不想弹琴了。

这种日子很沉闷,可我没有同意的你的放弃。你总是在琴的低音区砸出一连串不满的音符。

我坚定地让你继续,我还唠叨,不断提醒你的手型和节奏,有时候我拿支笔,严厉地叫你手指立住,不许折指,手指抬高走起来。

你很惊诧妈妈怎么变成这样。

终于有一天你愤怒地对我喊,"我不学琴了,我不要看见莫扎特。不要让他在我的森林里。"你对着我哭起来。你说为什么美妙的音乐不能用美妙的心情弹。你说你听到莫扎特在漆黑的森林里奔跑,他疯狂地碰落了那些蓝色的树叶。

那一天我在你的眼泪中反省自己。我想我过于急切了，其实我督促你不是想让你成为莫扎特那样的音乐家，而是希望你能从弹琴中学会负载人生。可我忘了你还是个孩子，你才十岁，你的手指稚嫩掌纹清晰，我怎么能把莫扎特那么博深而沉重的森林给你呢。

你的眼泪挂在你的悲伤中。你说："妈妈我可不可以当芭比公主？"

我突然看到了一个母亲的残忍。

那不应该是我。

我拉你入我怀里，擦掉了你的眼泪，我说："是妈妈错了，你可以做你的芭比。"

你终于抱着你的芭比像风一样跑出家门，你在院子的青草地上欢呼着，我看到你招呼一群孩子在玩游戏。整整一个下午你都顾不上抬头看一眼家的阳台，而我就在阳台上低头注视着你，我的孩子，这个繁花盛开的季节，我该怎样带你平静地穿过一段旅程？

然后夜的精灵如期来到我们的小屋，看不见远处的灯光，夜风缓缓地吹进来，像轻轻的海浪无声地拍打着黑暗的永恒。它驱赶着孤寂，淹没着往事。我静静地等待，等待天使回家的脚步。

你回来了，轻轻地敲门，你眼神里透出小鹿一样快乐的光芒。

我回到卧室开始写作,屋子里很安静,你习惯了在我写作的时候不出声。

时间一点点流逝,我们各自做着各自的事。

偶尔我不经意抬头看见你,发现那一刻你抚着身上的公主裙,凝视着你的琴。

你抱起你的芭比娃娃,把她小心地放在床边。你看看琴又看看芭比,犹豫着。

你专注地思索了一会儿,到底走近了那琴。打开琴盖,伸出小手,纤细的手指流动在琴键上。我听见高音区里跳出一串轻快的音符。你回头对我说,“妈妈,你听到了吗?这是花开的声音,是金色的向日葵。这是我创作的。你听太阳都跟着我出来了。”

我听见了明澈流利的旋律,跳荡着七彩绚丽的彩虹般的色彩。在漆黑的夜里,我看见了你描述的金色的向日葵,看见它就知道了太阳在哪里。

你又回到了莫扎特, 那快乐步入了唯有你才有的世界。你的世界或许并不成熟博大,但充满了童话般绚丽的色彩和对莫扎特的向往。

后来你熟练地弹奏莫扎特, 那些奏鸣曲和 b 大调 c 小调,你的森林里有你弹奏的快板和柔板。琴,成了你生活的一个组成，你习惯用它表达你的诉说，学会了在困难中坚持和寻找。这就是我要你拥有的生活的品格。

你掌握了音乐的语言。在维也纳古典乐派的旋律中，诉说你温情流转的童年。你终将会抵达到梦想的那一片辽远宽阔的森林，那里会有一些关于美丽和永恒的故事，你终有一天能带着莫扎特之声走近属于你的精彩世界。

但愿。但愿那一天我仍旧会陪伴你。

做一回佛前哭泣的玫瑰

就这样点亮眼前的酥油灯，把我的凡身俯在佛的脚下，我把我的双肩、额头紧紧贴在地面，还有一颗荒芜的心。我把一切交给佛，让佛普度，让他看穿的我的内心。我一千次地问佛，我该怎么面对自己？

眼泪无声地滴落。一如我曾经的哭泣，那流血的悲伤。唯有我深知那哭泣的疼痛。俯在佛的脚下，这一刻久久不能抬头。在漆黑无助的夜里，陨石何时被击落？从此往事不堪回首，哀婉的精灵，每夜吟唱着爱情的悼歌，那曾是最后的谢幕，是岁月徐徐拉上黑色的幕布。

我带着创伤来到拉萨，来到这个接近天堂圣洁的雪域高原，只想在佛前放下所有荆棘，做一株哭泣的玫瑰。大昭寺里袅袅轻烟，梵音缥缈，昏黄的酥油灯跳动着盏盏光亮，映衬佛心一片。而我不知做怎样的祈祷。我还能不能承受一切？甚至承受失败，承受在人生的旅途上举步维艰？一切快乐和幸福已经成为往事。甚至承受没有温暖的黑暗，煎熬伴随着生存的永恒，只留下暗红的痕迹，那痕迹诉说着苍白的故事。

当你们看见我哭泣，在普度众生的佛前。

当你们看见我痛不欲生，袒露出血流如注的伤口。诗一般的疼痛，刻骨忧伤，就是这样的旅程，我一路走来。而你们习惯了我的微笑和坚强，你们惊讶我如此脆弱。你们在身后问我何苦伤残自己，毕竟，还有文字带给我荣誉和快乐，又何苦如此悲恸。

我怎么回答你们？我的朋友们。风起了，黑夜总是如期而至，冰冷的雪花总在夜里落下来，一片片落在我的发根里。经轮飞转，流逝的光阴里尘埃漂浮。爱，已离我远去，有一把前后辗转凌空翻飞的剑瞬间刺破我的心。我怎么才能忘却？那么寒冷的一道闪光，那么透彻的诀别，那么凄艳的流血。

我怎么能不穿越在如烟的往事中？青春已横陈在祭台上。我看见一株冰冻的玫瑰，花蕊里深藏着凝固的泪珠。我哭泣着问佛，玫瑰还能不能恢复美丽的生命？昏黄的佛光照过去，一张唯美的肖像，我在肖像里找到了自己，无论怎样的叹息和悲恸，玫瑰的繁枝和叶的枯萎就像一场杀戮像流血的殇歌。

心,冰冷到荒芜。

我们曾握着彼此的手,让炽热在温柔的指尖流泻。我们曾热情痴迷那美丽童话,而终于那冰凉的声音,划过凄迷的夜空。我们苦苦追求的爱情,曾是那样扑朔迷离苍白脆弱。

我们追求童话的意境，最终我们陷入阳光般的阴影,那是刻骨的疼痛唯美而忧伤。我们创造艺术,让艺术在生活中遭受磨难。我们让美丽的星星变成陨石滑落天空,击伤人间守望的玫瑰，让娇嫩的花瓣独自在黑夜里感受灵魂的震颤。那就是人类的精神境界吗?我曾经那么信任地把自己交付这岁月,而岁月终究给了我一切苦痛一切悲伤。

我在走了十五年的红地毯上看见了背叛，我们没有吵嘴,我转身拭去了斑驳的锈迹,开始了没有爱的单身生活。然后写作便是我唯一的慰藉,我曾用整整一个冬季写散文抑或童话,每个深夜都有晚风吹拂,我写一个忧伤的故事,故事里有一颗破碎的心和永恒的往事，我在解百纳的气息中入眠,把疼痛镶嵌在枕边。很长的一段时间,我喝醉酒才能睡着,一杯一杯的解百纳,那是葡萄的眼泪。我在深夜的梦里摸索,不知道自己何去何从。记录那个时候的文字总是充满忧郁与绝望,那些黑色的破碎。

我承受这一切留下的伤痛,我离开了我旧日创造的美丽的仙境。只有枯草证明着忠诚,玫瑰留不住逝去的爱情。我把受伤的心捧在手里,血流如注。

我坚忍着疼痛,把自己包裹在漆黑的夜里。一路向西,终于在雪域高原上的拉萨,低俯在佛前哭泣,我把荒芜的心贴在佛的脚下,任眼泪流淌浸湿衣襟。身后朝佛者的身影此起彼伏,他们念诵经文,用身体叩击灵魂。阳光从寺院天窗里透入,烟雾散起。一株哭泣的玫瑰用泪水触及深藏的迷蒙。她祈求超度。

我的朋友,你们能懂一个女人诉说时的疼痛吗?

如此,我默默沉浸在没有爱的生活里。我把宁静留在寂寥的午夜。我学会了承受,把伤口深藏在心的角落,独自盛开在寒冷孤单的日子里。我不伸手牵拉另外一只手,让受伤的心沉入永远的憩园。

我形单影只、步履蹒跚向前走,只要向前走。哪怕荆棘丛林,哪怕风沙迷乱。我穿越岁月的枯荣。穿越漆黑的长夜。以我的坚毅脚步,去赴一场又一场人生的约定。

时光静走,总是无言。四季更替,从不管心的忧伤。

还有什么要我承受,我愿意以温情和坚韧承受。

原谅这一刻我不能控制我的悲伤。就这样低伏在佛的脚下,询问什么才是我的救赎。请允许我如此脆弱不堪一击。我把爱的羽翼默默收拢,我把承受的眼泪流在佛前。一千次,一万次求佛超度。

然后，我将不再诉说。我会勇敢面对繁华落尽后的衰败，不愧不悔，面对依附在玫瑰上的寒霜，面对我的唯美追求和迷离，镜里的苍白和时光的转角，我会缝补破碎的信念。在每一个寂寥的深夜，我在空旷的上野高悬起美丽的精神。我甚至看到了莲花台上轻纱飞舞。用坦然编织起一个梦想，迎面让风过双肩，不惧怕月光满怀的希望在某一个瞬间中途倒下。

做一回佛前哭泣的玫瑰，最终不能放弃我自己。我重新开始长大，把美丽交给白发苍苍。身后还有长路要走，酥油灯下埋葬过往的故事，身后的空地上长满青青的小草，像暗夜里闪烁的光焰，在水墨中缓缓晕染。从此不再停止等待春天，心灯闪烁不再泯灭。

我看见佛的微笑，陌上花开得从容，温暖的绿荫护佑我，让流水向着明天。

雪

那天，下雪了。

雪花漫天飞舞，苍苍茫茫，湮没了曾经青郁的山岭，湮没了曾经碧波的河流。四处薄雾缭绕。整个世界陷落在纯洁晶莹的白色中。我伸出手去，接住那摇摇欲坠的雪花，它晶莹剔透的六棱花瓣唯美地落在我的指尖上，然后瞬间滋润成水，滴落如珠。它在我手中消失了，留下梦幻般的印迹。

一位禅师说，我需要一场雪，雪落下来以后，前面的路将会清晰，我不再惧怕孤单，走向温暖走向明丽，去完成一个女人独自的梦想。

我想要那场雪的支撑和拯救。

于是在整个萧瑟的秋天里，我在等待雪的到来。

你和我一起期盼着雪的来临。你是唯一知道秘密的人，你是唯一从我明丽的笑声中剥离出黑色的忧郁的那个人。我曾把深处的伤痛对你诉说，对你哭泣。在漆黑的夜昏黄的光乡都解百纳的气息中，你轻拭我的眼泪让我忘却。你把我从失败的感情中救起，你拉着我走出阴影，你是我唯一信赖和依靠的人。你抚慰我，在漆黑的夜里你陪着我渡过，伤痛里有你的温暖。你用男人的意志唤醒我沉寂的爱恋，你让一颗枯竭的心重新跳动生命的激情。那些日子像晕染在山水间一幅晨光明媚的画，绘出我们温暖灿烂的爱情。

我们一起在那个萧瑟的秋天里，孩子般虔诚地盼望着雪的来临。

雪来了。分离也如期而至。

这是我们的旅程中躲不掉的神秘的驿站。

我参加了那场关于分离的聚会。就在南山脚下的哈萨克毡房里，我们把炉火烧的通红，炽热的火焰燃烧炽热的血液，送行的酒杯叮咚碰响，所有的人为你的前途祝福，你将奔赴一个遥远的国家追寻属于你的事业，那是关于你的辉煌的未来。你笼罩在旁人羡慕的光环里，可是你眼底里闪着抹不去的忧伤。只有我看得出来，你用微笑掩盖着苍凉，你推杯换盏，目光中无数的追问固执地投过来。

我回避与你对视，独自走出毡房，我发现下雪了。

雪像奔赴一个使命，在这个时候到来，它们在我眼前飞舞绽放，盘旋凋落，仿佛是这个世界的主宰。满山松柏伸着刚劲的枝干，迎接着雪的白色的淹没。

你是什么时候跟在我身后，我丝毫没有察觉。我只顾在雪地上研究雪的颜色，雪白是终极的颜色，当所有繁华色彩褪尽，便留下雪的空灵和纯白。这一生无论有多少故事，都会被雪淹没在无止境的白色里。

我什么也没听到，我太专注了。

你惊动了我的专注，你从身后走近我，揽住我冰冷僵直的肩膀，你对着我耳畔说："再求你一次，和我一起走行不行？"

我用沉默坚持了原有的回答。我被牵绊，我没有信心，我不知道现实缺少什么，我突然退缩，向你奔跑的灵魂止住脚步。如此艰辛如此漫漫旅程。那个时候你正张开双臂等着我的到来，那等待殷切而充实，可我却抽出剑凌空翻飞刺向你，刺向我。

雪花撞碎一地。如同我四分五裂的心。

我想起我反反复复做的梦，梦里浓雾弥漫，我独自在山涧行走，我一直在寻找，可是寻找什么并不知道，我滑到在地，于是我听见你的声音，你在空灵的前方说："跟我来。"我伸出手去，可我触摸不到你，你声声呼唤，我焦急触摸，我开始哭泣。

然后下雪了。

雪花冰冻起忧伤的呼唤。

无声无息。

像徐徐落下的爱的帷幕。

现实与梦境中的雪境是一样的。那雪，迷迷蒙蒙飘散着，落满我和你的周身，雪花落下多少忧伤就有多少。你拉住我不松手，冰凉的手指交错在一起，我在弥漫的雾中悬空并坠落，你承受不住重量，被我牵引着向山谷下滑落。风抽打着枯竭的荒草，落在地上的雪又飞起来狂舞。枯枝划破了我们的肌肤，血珠飞溅在苍白的雪地上。山谷间有个声音突然穿过遮掩的浓云说，“你们放手，放手才是彼此的拯救。”我在迷茫中抬头搜寻声音的来处，那声音却戛然而止，只有雪花的飘落声，越来越大，越来越响，你却什么也听不见，你无意抵抗，但你不肯独自离开，我努力挣脱你，你却不放手，你流着泪说你想砸碎高山重洋。

然后一片宁静，所有的画面都消失了。

月亮投下清亮的光，我们牵着手在雪地里行走。

雪地上有我们的脚印，那脚印清晰向前没有迂回的路，脚印伸向远处迷蒙的天空，最终断落在一个很高的终点。我俯下身子用颤抖的手触摸雪地上的脚印。脚印是真实的，雪也是真实的。

满心忧伤。你和我。浓重的雾和圣洁的雪地。

你说，放弃女作家宿命而悲壮的艺术论。

你说，爱不是对峙不是独立而是我们彼此的依赖。

当我要你放弃我，难道你不懂？当我说我们谁也不许承诺，你却固执地表达你的期待。我们在那个飘雪的夜晚因为争吵而突然沉默。然后拥抱。我的心不听我的意志使唤，你我宁静的心在白雪上跳动。我与你交付着，彼此融入的灵魂。我们分分秒秒感受这个时辰所带来的全部意味，仿佛末日倒计时。

这是我们的分离。

爱的千万种结局我们只能选择这一种。

梦境里我的哭泣和现实中你的眼泪重叠在一起。

一首诗已经走在结尾，留下诗的疼痛印在深情的雪地上。

你后来发来邮件对我说，你居住的那个城市，总是飘落大片大片的雪，彤红的枫叶上包裹着白色的雪，你说你把它拍成了你的作品，你给它起名叫“依恋”，你把“依恋”传给我了，你说你一直在等着我回信。

我看见了“依恋”，我没有回信，并且屏蔽了你的联络。亲爱的难道你真的不懂？我想让你像一只昂扬的雪雁，掀动你轻盈的翅膀而无牵无挂，你向上飞，向着属于你的远方飞，向着巨大的蓝色的苍穹，那是辽阔的世界，你不要回头看，前方才是你的未来。我为此隔断了远方的眺望。隔断了你的呼唤。隔断思念。

我数着时辰，在苦痛中汇聚唯美而孤独的文字。几千，几千个小时过去，一个无眠的深夜里你突然打来电话。

你说："还好吗，我在的这个城市又下雪了。"

我说："我很好，这边也下雪了，我重新恋爱了。"

我说："我重新恋爱了。你看，我已经忘了你，连友情都将忘记。"

你沉默，很久很久。我等着你挂断电话，而你没有。等待如此漫长，你不说话，很久很久。仿佛煎熬了一个世纪。

我在沉寂中听见绝望破碎的声音。那是我制造的声音，我将接受惩罚。我失去了你。我彻底没有了你。时光"滴答滴答"地走，岁月在四季交替中退去斑斓的色彩，无声无息。我渐渐睡着了，走进暗红色的梦里，梦中独自走在山涧，荆棘丛生，没有人烟，前面的路长得没有尽头，浓雾浸漫着枯竭的土地，我在泥泞中滑倒，我跌落在深谷里，我看见你坚实的手臂，我伸出手够你，你消失了，我磕磕绊绊地寻找，你去了哪里，你去了哪里？我在哭泣中醒来，看见夜风吹过窗台，我又沉沉睡去，回到最初的梦境里。

雪下起来了，如同一个使命在每个午夜里起舞盘旋，纷纷扬扬，没有空间，雪隔断着灵魂丰盈的感应。丝丝缕缕。千山万水。从春季，到冬季。

时光无情地往前走，已经看不见你我了。但是山谷还在。雾也在。

雪，一直下，一直下……

其　实

一个人,一间屋,一支笔。

我想这也许是我的晚年生活。

为什么一个人?因为我现在是一个人。

不知道前面谁和我走着走着就散了,后面谁还会和我一起走,谁又能陪我到最后。

很多的迷茫,留下很多的痛,弥漫在生命的旅程。我可以平静地选择自己与自己在一起,可以把自己深埋在文字里,不给喘息的机会。可以没有空隙,没有情感,累到虚脱。

我在写作中执拗地寻找,一个女作家的梦想。

一意孤行。

在梦想与现实的对峙中。在灵魂的震颤中。在星石坠落摩擦出火焰的燃烧中。

为着更深刻的人生。

当我写童话，我敬仰着童话的境界，那境界很纯净、很精致，就像金色的向日葵，看着它，一个孩子能知道太阳在那里，成年人也能知道。

现实中当我们拥有越来越多的生存技巧和生活秘密时，纯洁和自由的心灵仍然依赖体现真善美精神的艺术作品来慰藉、修复甚至救护。在落日幽谷，在琉璃湖畔，在玫瑰城堡，在所有能够想象出来的地方，我们渴望的那一些美好的事物，闪烁于童话的境界之中。

然而我在写童话的时候也无可奈何地发现，我们成年人多少有了对已经进入的世界的怕，因为经历了磨难，所以也有了对经历磨难的退缩。我深刻感觉到一颗成年的心，在童话面前，显出了它的疲惫和倦怠。

当我写散文，我便开始了一个女人的倾诉，我坚持以女性独白的方式诉说自己的心灵，写生命旅程中的爱与痛，细微的瞬间所传导给我的感受。

一个女人杜鹃啼血般地在精神领域里跋涉。我主张任何作品要有诗的语言和意象，才能够承载故事与思想。最主要的是，要有诗的疼痛在其中，那是怎样的疼痛啊，细腻温婉却撕心痛骨，我几乎难以抵挡。

我最初在那个充盈着往事和伤痛的家里写作。家是一栋老房子,老式的布局,门和窗已经变形了,总是关不严,厨房的墙砖陆续脱落,留下斑驳的墙。没有男主人,水管和电路陈旧失修。女儿总说冷,我们买厚的双层棉睡衣过冬。

老房子里电脑安置在阳台门边,我趴在电脑桌从门外钻入的寒风便吸入我的肩膀,我的右肩疼痛麻木,很快我的右手抬不起来了。后来我改坐在客厅的沙发上,稿纸放在腿上,我用碳素笔书写。这种原始的方式写作让我行云流水,写着写着,情到深处,总是有泪水滑落下来,浸湿布满字迹的稿纸。

女儿考到十三中以后,我搬家了。

我离开了那个家,从新市区搬到天山区,我可能再也回不去了,老房子里有太多如烟的往事和伤痛,有割舍不掉的旧日的牵扯,在那里我迷失过,折断过起航的帆。我已经不必总是在老房子里频频回顾,心伤不愈,我预感到我今后可能都要漂流在外,即使女儿上了大学或者离开我独立生活之后,我也回不去或者不愿回我的老屋子了。

我在天山区租别人的房子住,陌生的布局陌生的环境,改变了我将近二十年的生活习惯。没有与院子一墙之隔的大学操场和跑道了,我无法在夜幕来临的时候围着绿色的塑胶跑道一圈一圈地奔跑,有时候我会想,那条经常被我占用的第六跑道如今是谁在跑。

拥挤繁杂的天山区,在深夜的时候也能安静下来。万家灯火,带着各自不同的心事与思索在夜幕里明明暗暗。

我在路灯下散步,习惯了形单影只。这个城市的冬季漫漫无期,雪花总在深夜的时候飘起来。

在雪花纷飞的夜晚,我独自一个人走在浓重的雾里,路边的树干伸展着枯枝,连风都觉得孤寂,夜色里没有他人,这是大湾北路常有的景色, 我顺着加气站后面的一条小路走,静谧极了,有红的墙,白的雪,细长的小路。昏暗的路灯牵着我的影子,偶尔有几个行人匆匆而过,抑或一辆汽车飞驰而过,没有人会停留,没有人会问,你为什么在这里,你想去哪里。

雾散去的时候,月亮在天边斜斜地挂着,我朝着月亮走。在荒芜的黑夜里。

在荒芜的黑夜里。我在寻找什么呢?

寻找一种信念,一首诗。寻找架设在此岸和彼岸之间的桥梁。寻找人类的本质力量,让女性的肩头上扛起一座沉重的山。

那些昨日的星与今天的晨。

余晖的照耀与很深的报答。

岁月在长发间流淌。

书给了我力量，也给了我生活的品味，它使我看待事物有了眼光走向深刻，我拥有了评价作品的能力，并通过作品看到作家的灵魂，我看到不同作品不同作家的不同追求与思考。

然后我爱上了杜拉斯。

我的灵魂追随着她。也可以这么说，是她承载了我的文学梦想。

玛格丽特·杜拉斯——我写了长长的关于她的文章。有一段时间，我痴迷地寻找她的小说译本，一遍又一遍地阅读，那种迷恋至今还存在。她让我记住了广岛、湄公河，记住了法国，记住了她的情人。她的内心黑暗又明亮，茂盛又荒凉，这个被爱情滋养起来的女人，在爱中诞生思想和深度。

她的文字在瞬间就能击中我。她的语言具有选择性，对那些被选择的读者来说，那些断裂、急促、重复的词语充满了美丽与震撼。她书中那些痛苦而绝望的爱情。她那如泣的自述，思维的顿点，法兰西口语化的短句甚至颠覆语法。她的创作是一种对过去、现在和未来的切割，她为自己的作品创造了独一无二的文体。她说：

我已经老了，有一天，在一处公共场所的大厅里，有一个男人向我走来。他主动介绍自己,他对我说:我认识你,永远记得你。那时候,你还很年轻,人人都说你美,现在,我是特为来告诉你,对我来说,我觉得现在你比年轻的时候更美,那时你是年轻女人,与你那时的面貌相比,我更爱你现在备受摧残的面容。

我要告诉你我所想的,就是一定要守住自己所拥有的,一个地方,一个个人的地方,在那儿,是为了独处,为了爱。无论爱的是什么,是爱谁,怎样去爱,爱多久,总之是为了爱……

我在她的文字里哭泣。

时间仅仅能冷却但不能泯灭情感,伤逝的情怀需要终身的光阴来咀嚼。

杜拉斯用动情语言告诉我们无处不在的爱,是绝望境地的一道亮光。而爱情的本质是孤寂和绝望。她在绝望中坚毅的努力,她那即使是绝望仍不动摇的爱情以及这种情感深挚动人的力量,并没有让我们看到女权主义者笔下女性对男性话语的反抗,而是女性思想的融通,超越了刻板的政治层面,创造了一个本真的女性世界。

我关注女性文学和女权主义的时候,我写过一篇口气很硬的文章。

我说：作为一名女性写作者，对于自己的文化身份必须有一个明确的认识。当女性意识觉醒并呈现时，凸显女性才华，呈现女性魅力，便在无意识状态下伸张了女权主义的思想倾向。

我认为，女权主义的文学作品表达，并不是我们习惯地认为女性必须学会固有的男性思维模式和话语模式，才能发出强大的声音而被男性领域接纳，或是成为男女两性平等面对的世界。而是要保持女性独特的表达方式争取话语权，摆脱“性别对抗的盲目性和身体写作的狭隘性”，从“与男性相对立的女性”转变为“与世界相融合的母性”。以女性的视角平静、客观、理智地抒写生活，在男性世界中大胆展现自己的异质性，坦然地流露出女性最为特别的美。

我说，很多女作家写作中保持着自身探索的立场和张力，在写作中寻找自我的言说方式，并以女性的敏感而特有的触角，去反思自身和生活，不断去感受和观照自身以及身外的现实世界。她们自觉地选择和坚守着自己的精神花园，找到并坚定地捍卫了自己的话语权。以自身的主体意识为依托，去发掘对于内心的、生命的、母性的和人类的种种资源。用感性生命方式中去寻找灵魂的栖居之所，女作家的价值诉求建立在女性对命运的终极关怀上。

爱情、亲情是女性意识中最为敏感和疼痛的部位，也是感受世界和主体的最为敏锐的地带。于是女作家把笔触伸入女性自身的际遇、命运和历史,去唤醒沉睡中的非主流话语经验,从而给女性写作寻找到独立的精神支点,让纯洁的心灵自由放飞并获得认同。

所以我坚持用女性独白的方式写作。

在文字中记录心灵的苦痛与真实,我写纯粹的关于爱关于女人的文章,那些美丽而凄婉的意象其实就来自我的生活。我写情感题材,因为情感在艺术里拥有永恒的价值。

用文字破译女人的缜密与深蕴,在男权中心的世界里突破性别的局限,从女性的角度感知社会、感悟人生与自我,带着平静和勇气,在纷繁的现实里追寻至善至美的艺术境界。

默默坚韧,承受无边的生命之力。

这是必然之路,走在去而不返的向前的旅程中。

当我的书陆续出版上市。当我的文章发表、获奖或被人们转载。我便开始感受到文字的表达带给我的一切。

时间长了,我的作品被人评论我也评论别人的作品。我到学校或社区给人们做讲座,阐述如何培育梦想的种子。我参加各式各样的研讨会,别人的也有自己的。我也跟着在书店签售我的书,用粗黑的笔在扉页上刚劲地写下我的名字。

文字似乎在铸就我的明丽与价值。女作家称呼的前面有了我的级别。

但这是一个女人想要拥有的吗？一些名利真的很重要吗？在每一个夜晚如期抵达的时候，我问过我自己。

有一次我参加完一个颁奖大会，我带着奖金直接去商场买了一些烟灰色的羊绒毛线，还有几根闪闪发亮的玫红色的长针。那段时间我便把精力放在编织上，烟灰色的线在玫红色的针上缠绕，仿佛光阴吐着花蕊，我深陷在自己营造的温馨的薄暮中，我织了一条宽厚的男式围巾，满怀柔情地挂在我精致的梳妆台上。

这样行吗？我问远方的你。

还有近在咫尺的你们。

无论我们是否相识，当你们偶尔读到我的文字，希望你们是懂得我而不是字里行间猜度我的隐私。我希望你们能体会到生活给予知性女人痛苦而瑰丽的瞬间，那瞬间洞穿世事，回归本真。

你们若懂我，便能够原谅我。其实女人在忧伤的时候，也一样能笑得灿烂而动人。

其实一切意象、表达和理论，都是填补苍白的岁月。

你们若懂我。

便要原谅我。

其实有多少作品就有多少孤单的日子。

其实，我想做个好女人，而不是好作家。

在你的目光里起舞

几千年以前，我生在一个贫寒的百姓人家，当我长成少女，窈窕秀美像一朵纯洁娇艳的梨花，人们说我倾国倾城。

后来我在阳阿公主家学习跳舞。

我非常喜欢跳舞，跳舞的时候也是我最快乐的时候，我在公主府学得很刻苦，我舞姿曼妙，袅娜娉婷，表现出歌舞方面的天赋，阳阿公主亲切地称我“飞燕”，也因为我体态轻盈纤细，行动轻柔飘逸，歌舞翩跹时轻如流光，我成为公主府中的骄傲。

长长的水袖，雪白的绸缎，我每天都练习轻轻甩动。我时而轻旋如风中之雪，时而袅娜如岸边之柳。我在舞蹈中思念着一位羽林军的壮士。

他是望操,是我心中的英雄。

那是一年秋天,阳阿公主在府中设酒宴,我云英紫裙,碧琼轻绡,扬袖纵身飘舞,摇曳多姿如同风中之蝶。我在众多的目光中与他相遇,他的目光深邃,他的语调低缓,平静中蕴含着庄严,他在人群中发出毫不张扬的光芒。

舞罢,我们四目对视。

我慌忙低下头,我耳边传来他的赞美之声,我的心怦怦地跳,一种莫名的渴望和柔情。

第一次有人如此坦荡地赞美我,那声音矜持沉稳。

我再次抬起头,再次与他四目相视,我们中间燃烧起一团蓝色的火焰。

一切尽在不言中。

一个情窦初开的少女,开始了一场美丽痴迷的初恋。只要阳阿公主家没有歌舞表演,我就找借口外出与他相会。

望操目光炯炯,他握着我的手深情地凝视我,他在我耳边说,跟我走吧。

我相信了他的诺言,从此苦苦期盼他带我走的那一天。

望操是第一个想要带我走的男人。

我一直等,一直等。不见斯人来。

下雪了,我在雪地里舞动起千般伤心,每一个舞步都踩在心上，牵起疼痛。他为什么还不来将我带走？刻骨的思念，难解的柔肠，终只是无望的守候和期盼。我唱起我深秋时节自己写的《归风送远操》:“秋风起兮天陨霜，怀君子兮渺难望，感予意兮多慨慷……”

望操啊。我已望尽天涯，不知你在哪里？

我在大雪纷飞的天地间狂舞。我似乎感觉到了他向我走来，越走越近，又越来越远，天地苍苍茫茫，他仿佛永远走不到我身边。

眼泪流下来，不可自抑。

有一个男人暗中观察我很久，不动声色。他的目光在我的身上留恋。

阳阿公主要我换上鲜艳的服装，在温暖的室内跳我独创的“踽步”，我虽泪迹未干，但只要扬袖飘舞，便能同云中仙子般舒展自如，这是我极深的舞蹈功底和悟性。轻盈扭动的腰肢，婉转如娇莺的歌喉，如一片白云出岫，柔若无骨，又宛似弱柳扶风。

“踽步”如雨后梨花，在那男人面前轻颤。

他看着我，深情地凝视。他的眼睛像望操。

我楚楚地在这个男人的目光下起舞。

仙子凌波的一舞。天旋地转。千回百转。

那个目光炯炯的男人一步一步走向我。

我以为他是望操。

这一夜，我成为他的女人。他抚着我的长发说，跟我走吧。我心中悸动，多么熟悉的话语，又一个男人对我说，跟我走吧。

我无助地躺在他坚实的臂弯里，在疼痛中承受着热情的爱恋。

我必须接受现实，他不是望操，他是刘骜。

在那个爱与痛的夜晚，我跨进了人生的第一个阶梯。

刘骜是个遵守诺言的男人，他真的带我走。后来我才知道，这个男人原来是微服私访的汉成帝。

他让我住进昭阳宫，并且封我为昭仪。

然而成帝很快不见了。他对我的爱转瞬即逝，他与我不同，他有三千佳丽，而我只有他一人。我淹没在他的后宫中，与众多的女子一样一心一意地想念他。

我慢慢感觉到了寂寞。春天的风，四处飘散，春花盛开在艳阳下，皇殿龙凤呈祥，百官朝贺，道不尽的皇家富贵气象。

我在后宫抚琴而歌，孤独而舞，宫苑一片宁谧，只有虫鸟儿在花丛林梢陪伴我。

我开始回忆以前的日子。听说我出生时家境贫寒，父母无力喂养，将我在荒野之外丢弃了三日，三日后我依然存活，父母惊叹我顽强的生命力重新捡回我。后来父母去世，我与妹妹被卖到阳阿公主家学习歌舞。

我的妹妹,我多么想她,我们在一起相依为命的日子。她现在还在阳阿公主家跳舞吗?她遇见了肯带她走的男人了吗?

还有望操。他是否回来找过我?望操思念我吗?他娶妻了吗?

我轻甩水袖,踽步颤颤然,我不停地跳舞,唱着我的歌:“凉风起兮天陨霜,怀君子兮渺难望……”细雨如织,云烟如梦,轻笼在含苞的花枝上,宛如拂动的游丝,风在雨里,风便织丝若直若斜。

我思念着宫外的一切。为什么带我走的不是望操?我从未想过在皇室里享受荣华富贵,我只想跟着望操一起走,做世间最普通的凡夫凡妇,我们不离不弃,晨钟暮鼓,相扶走过一生一世。

当成帝终于宠信于我时,我依然怀念着我的初恋,我一连三夜拒绝了成帝。

第四夜,我决定忘记望操,没有人知道这个决定,也没有人知道我心深处无以言说的痛苦和无望。

让一切从此消失,我必须遗忘,在我面前只有这一条路,我别无选择。

然后,我那么轻易地就忘记了他。

我曾以为忘记他会很难很难。

我又开始在成帝的目光下起舞，水袖轻幔，缥缥缈缈，蝉翼般的薄纱将我裸露的身体半遮半掩，我从成帝的目光中感觉到爱的炽热。

我风情万种，楚楚动人，博得成帝的独爱。从此我是他眼前最灿烂的一道虹，是他唯一的女人。

我享受着刘骜的独爱，可我在宫中没有亲人。

他看懂了我的心思。

不久，我的父兄分别被封为阳侯与新成侯。我那美丽的合德妹妹，也来昭阳宫与我为伴。我们赵家一族从此大得辉光。

大汉后宫，成了我们最闪亮的舞台。

随之而来的便是洪水般的谗诟、嫉妒、排挤。

我和妹妹并肩作战，毫不畏惧。

我们在宫中联手的第一场战斗就大获全胜，我们搬掉了通往皇后之路上的主要障碍。

许皇后失宠，终日伤心垂泪。她姐姐建议许皇后去请巫神设坛祈禳，求得子嗣。许皇后为了夺回成帝游走的心，让成帝回心转意，听任姐姐许谒的献策，在宫中施以巫蛊之术，这也是汉宫屡禁不绝的流弊，诅咒大将军王凤和宫中已怀身孕的王美人。成帝对许皇后的作为愤怒到极点，收回她的皇后印绶，废居昭台宫。一年后，再迁长定宫，幽囚9年后，终被降旨赐死。

而我深得君王的欢心，就在废黜许皇后的第二年，成帝下旨册立我为母仪天下的皇后，我的妹妹赵合德也晋封为昭仪，这是成帝一朝唯一的一位昭仪，与王公同尊。

我登上了那个时代的女子渴盼的最高权位，我住在昭阳宫，宫殿门槛包铜镀金，白玉为阶，墙壁俱黄金横带，以蓝田玉、夜明珠、翡翠羽装饰，极尽奢华。

我们姊妹从入宫到被册封为皇后、昭仪，不过两年时间就实现了人生的大突变，从贫无所依到专宠后宫，母仪天下，地位之高身份之尊贵，在皇帝妻妾中无人可及。

我还是最喜欢跳舞。我每天最快乐的事情就是盈盈而舞。

有一次我越舞越酣畅，忘记了身在何处，当时船行在水中央正遇大风，我借助风势，旋舞双袖，就让我舞到天荒地老，舞到日月坠落，我欲乘风归去。成帝见势大惊，慌忙令人抓稳我，等云开风定之后，虽然我的裙边被抓皱了，但更显别样风情。从此，宫中流行起“留仙裙”。

成帝为了时时能欣赏我的舞蹈，又怕我在室外被风吹走了，于是他就大兴土木，特意请西域设计师为我打造了一座金碧辉煌的艺术之宫，取名“七宝避风台”。成帝别出心裁，特地打造了一个晶莹剔透的水晶盘。他命宫人手举水晶盘，让我在盘上旋舞。我身轻如燕，舞姿翩跹，小小的水晶盘成为我自由舞蹈的天地。

成帝深深地被我的才艺打动，他用犀牛角制成的文簪敲打玉瓶，音韵清越，曼妙悠远，情到深处瓶口为之碎裂。

他情之所至，也与我合乐同舞。

我以为这样便是一生一世。他说过这是一生一世。

可是谁的誓言遗落在风里。

变化在无限繁华中游离而出。

当我默默地站在珠帘后，看到我美丽的妹妹同样舞动着妙曼的身姿，如凝脂般的肌肤在幽暗而温暖的烛光下闪着玫瑰的光泽。

当我看见刘骜把温柔的目光投向她。我看见他一步一步向我的妹妹走去，带着无限的爱恋和惊喜，正如当初他一步一步走向我。

我便看到了现实。现实如磐石碾碎我柔弱的心。

我的男人再次忘了我。他把我丢给苍白的岁月。

我的男人和我的妹妹在宫中夜夜笙歌，他把帝王的专宠用在妹妹身上。为此，他为她建立了一座豪华宫殿。

成帝欣赏妹妹舞般的出浴。她每次洗澡的时间，他都能准确地得知，他在屏风后面欣赏他的昭仪玉肌滑肤，他还特地令人用一整块硕大的蓝田美玉，为她打造豪华的浴缸，在朦胧的潋滟水光和叮咚的水激声中，愈增妹妹妩媚之姿。

妹妹任性娇蛮，她吃醋的时候会在成帝面前高声哭泣，她拍打床头，她不管不顾，屋里名贵璀璨的珠宝被她摔得满地都是。而成帝对她呵护有加，百依百顺，甚至由爱而生畏惧，从不敢有丝毫的违拗。

我与妹妹的性格截然不同，我只把深深的伤害留给自己，我每天在等待中孤独地度过。我每日熏香了衣服熏香了身体，我把夏日盛开的花朵撒得满屋满床都是，我等待着我的男人回来的那一刻。

每个夜晚我都无法入睡。

总是无法入睡。

我披着禅纱坐在暗红色的回廊上。

我看到孤寂的树的枝丫伸向深不可测的天空。

天空中有星的目光。

满目苍凉。因为，满心苍凉。

已经没有目光流连于我的舞姿。他如此决绝。

从此宫槐秋落，青灯映壁，衾寒枕冷，无望的等待，熬过一个又一个空房独守的长夜。

我变得少言寡语，我沉默忧郁。让我失宠的那个女人，竟然是我亲手唤来的妹妹。

我不再把所有心思放在舞蹈上了，我慢慢地变成一个善用心计的女人。我开始对任何人设防，包括我的妹妹赵合德。

我不得不为自己的前途着想。我想生个皇子，继承帝业。母以子贵，这是后妃固宠的规律。我必须为成帝生个儿子。

可是，无论是我，抑或妹妹，都久无子息。

为了我的计谋，我在自己的生日喜宴上，向成帝倾诉最初相逢时的旧情，精心修饰的容颜依然楚楚，说到动情处，我止不住珠泪成串，花枝凌乱。那天夜里，我为他跳最后一支舞，空灵的琴声伴暗香疏影，长长的水袖盘旋之后徐徐坠下，心随着长袖的下坠也跟着一点一点下沉。

成帝被我的舞姿打动，他怜爱之心顿起，他终于肯留下来陪我。昏黄的烛光下，我看着我的男人，那么近，却又那么远，我们四目相视，却看不见彼此的眼睛，我们同枕而眠，心却咫尺天涯。

时过一个月，我上书成帝，说自己怀孕了。成帝自从19岁嗣位以来，时光荏苒，倏忽间已经年逾不惑还无子嗣，听说我有了身孕便大为兴奋，他批了一道圣旨，对我表达了无限爱怜之意，叫我好好保重。

我派亲信从宫外以重金买下一个刚刚出生的男婴，隐秘地藏在一个箱子里带进宫，由于箱子包裹得太严密，等男婴交到我手里时，已经闷死了。

一计计都不成，我焦急难耐。妹妹知道了我的计谋，她又惊又怕，觉得这样做很危险，她劝我放弃这个念头。

我的心事越来越复杂，我已没有精力跳舞、弹琴、唱歌。我的那把名曰凤凰的宝琴，曾经以金玉隐起为龙、凤、螭、鸾、古贤、烈女之像，而今全都束之高阁，落满灰尘。

是谁说不提及，才是最深的思念。我从不提及我的那些美好的日子。绚丽的梦总是转瞬即逝，时光度不过心的深渊。我晚上做梦，梦见我穿着云英紫裙，我在一个男人的手掌中跳舞，周围人真多呀，到处长袖飘飘，众人都在喝彩，一个男人微笑地看着我，我极力想看清男人的脸，那张脸棱角分明可我越着急越看不清，好像有一层云雾罩住了，云雾后的脸看不清是谁。

旷世的孤独，许是久了，人也就麻木了。在美丽静谧的深宫中，我是一只形单影只的凤凰，雍容而落寞，我走得步履蹒跚。

四季平平静静。

花平静地盛开又平静地衰落，

燕子平静地归来又平静地离开。

日子一点一滴地过去。

太漫长了，仿佛没有尽头。

十几年过去了。公元前七年，晴天霹雳，我的男人在我妹妹的怀中暴死，那时他正当45岁的盛年。

当时已是汉绥和二年,成帝驾崩,朝廷中最有权势的外戚势力孝元王太后与大司马王莽自然不肯放过合德,他们咄咄逼人,追究妹妹的责任并称她“祸水”。

新寡的合德一袭黑衣,她任人痛斥沉默不语,只有我看得见她无限的哀伤。

我们姊妹俩在寒冷凄艳的月光下相拥而泣,我冰冷的手指触到她冰冷的脸,妹妹跪下给我道珍重,我预感到黑夜将会吞噬她。

那天夜里,合德饮药自杀,鲜血像盛开的牡丹喷洒在她的胸前,她随刘骜而去,留下无数的猜疑给世人。

我因为帮助成帝的侄儿刘欣即位,新帝为了感恩,仍旧尊我为皇太后。但是皇宫里除了我,赵家其他人都被流放到蛮荒之地。六年以后,哀帝逝世,在宫中外戚势力之间的倾轧中,无依无靠的我也无意参战,我顷刻间被废为庶人。

这本就不是我的世界,再风起云涌,也与我无关。

这便是结局吗?舞罢飞燕死,这是命运的安排。

关上门,我在宫中为自己唱最后的挽歌,镜中的我人到中年依然倾国倾城。我红纱飘漫,白绫轻展,如雾、如烟、如风、如云,长长的水袖上下翩然,我回风流雪般地旋转,越旋转越急,我仿佛飘了起来,我的灵魂升起来,我不再记得刘骜,不记得有汉成帝,我终于知道在我的心中只有那个目光炯炯的羽林军的壮士。我回旋到最初的时光,那里才是我最终的抵达。

望操,当初带我走的为什么不是你?那时候我只想跟你做世间最普通的凡夫凡妇。

那时候我是一朵最纯洁最美丽的梨花。

那时候我在你的目光里轻轻起舞。

曾丽萍，笔名如风。1986年开始发表作品。作品散见于《诗刊》《绿风诗刊》《散文诗》《绿洲》《伊犁河》等多种报刊。著有散文集《那时花开》。系新疆作协会员、兵团作协会员、中外散文诗协会理事。毛泽东文学院第11届学员。现供职于农七师医院。

曾丽萍

下野地之夜

奎克乌苏石林——时光深处的城堡

我热爱行走。只要有时间，我习惯于在山野中游走，就像一只不知疲倦的蝴蝶，流连在山川草甸。背上行囊，走向远方，似乎已成了我的生活方式，甚至，一种生活态度。

“也不知在黑暗中究竟沉睡了多久，也不知要有多难才能睁开双眼，我从远方赶来，恰巧你们也在，痴迷流连人间，我为它而狂野”。

这个夏日的早晨，我们离开了乌兰思根镇，朝着深藏在天山深处的奎克乌苏石林方向前进。

车窗外天刚蒙蒙亮，平日里，这个时辰应该还在梦乡中游弋。

渐渐地，窗外的视野清晰开阔起来。远处白色的雪山、身旁绿色的原野、还有那湍急的河流从车窗外急速掠过，一条条蜿蜒的河流静静的陪伴者滋养着广袤的草原。那些河流仿佛都是为了草原而生，不仅以柔软舒展的四肢伸向每一片绿海，也以手掌般的河汊在草原的纵深地带抚摸每一棵小草，那小小的滩涂湖泊还形成了一个个天然的蓄水池，沁染着五彩缤纷的草地。草地像一幅色彩艳丽的油画，以油绿为主色调，同时还点缀了红、黄、蓝、紫的野花，显得花团锦簇，靓丽悦目。

这时候，忽然感觉人群其实是一个幻觉，而大自然才真正是一个襁褓，呵护着人类脆弱疲惫的心灵。

广袤的草原是慷慨的、温情的，你只要走进它的怀抱，它总会给予你彻底的宁静和无尽的遐想。

穿越天山，翻越达坂，经过四个多小时翻山越岭的奔波，我们终于来到了一片四面环山的凹地，天山石林就近在眼前！此处层峦蜿蜒，群峰耸翠，峭壁绕白云，高崖挂彩虹，芳草碧连天。山泉流瀑，每一滴水都清亮甘甜；雄鹰翱翔，每一声鸟鸣空谷回声。天山石林雄踞山巅，方圆数百丈，高约整座山的二分之一，放眼望去，各种奇异的造型千姿百态，巍峨壮观，气势恢宏。此时，除了惊奇和激动，剩下的就是对神奇的大自然的无限感慨！

天山石林，因位于天山山脉西段、那拉提山北麓的奎克乌苏达坂，又称奎克乌苏石林。距离巴音布鲁克区驻地乌兰思根镇130千米，巴音乌鲁乡63千米，石林区海拔3500米，长9千米，宽5千米，面积45平方千米，相对高度30米。是我国著名的高原石林之一，是国家旅游局新发现面向中外游客推荐的游览性石林奇胜。据国家地质部门考证，石林为风蚀半砂砾岩层结构，由二百万年前天山的一次强烈的造山运动形成的。经外力的长期作用而形成了似林非林、奇峰争秀、壮美凝重的自然景观。石林下即为厚厚的高山草甸，远远看去，犹如绿色的海洋，波澜壮阔，让人心旷神怡。石林脚下的山坳，水草丰茂，环境幽静。幽静，称得上是这个山坳的一大特征。远远近近的毡房顶上飘着袅袅炊烟，懒洋洋的羊儿像散落在人间的云朵，一只牧羊犬还在沉睡。眼前的一切，让我感受到一种独属于奎克乌苏石林的世袭的宁静。我深深眷恋这种彻底的宁静。

奎克乌苏石林是遥远的，它的遥远不仅是地域上的遥远，还更有着时空上的遥远，它保留着远古的信息，拒绝被喧嚣的世事所烦扰，我不知道这种宁静质朴还能保持多少年，因为我在路上已经遇见了不少旅游者。我更希望它依然藏在深闺。

横看石林，石树腾云驾雾，石兽龙争虎斗，石洞深邃盈尺，人面狰狞可怖，石峰叠嶂架层，石藤缠绕古刹，石蔓绞杀龙马，嫦娥奔月离恨，武松打虎解酒，苔藓地衣璀璨晶莹，党参挂铃，似声非声，雪莲放蕊，似开非开，欧洲古堡，肃穆森严，狠牙豹尾，齐施凶残，宝剑出鞘，刺破青天，有的如玉柱擎天，呈英雄神威，有的如苍龙卧地以遇时机，有的如禽飞兽走，有的如驼卧黄沙静待风暴，使你看不够的奇胜真迹，发不尽探险幽情。

纵看石林，这里的一切都非人造做作的，一切都是真实，全无假面，虽没有雕梁画栋，描檐绘脊，却是那么雅致、朴实，就像草原上赶着羊群的老牧民，逼真地妙布在巴音布鲁克草原上，成了天山上最宏伟的奇观之一，并且毫不吝惜地将他奉送给了人类。天山石林的神、奇、魅、谜堪称一绝，真不愧拥有天外石林的美名。

傍晚时分，瑰丽的晚霞在天际燃烧着。石林在晚霞的映照下更加壮丽雄浑，甚至带点鬼魅、悲怆的色彩。在这暮色渐浓的荒野，我着迷于这种鬼魅神秘的感觉，也深陷在来自大地深处的悲怆中不能自拔。在历史与现实、大自然与人类的对话中，在苍茫的夜色里，有种精神在大地之上在石林之上盘旋翱翔。

奎克乌苏石林是个陷阱，一个美丽的陷阱，它是一个谜，令人始终也看不透它，因为它的灵魂深处仍隐藏着另一个灵魂。我抵达了它，却迷失了自己。

在石林中心，有一泓清潭，相传每年四五月，公鹿来这儿照自己的鹿茸角，为求偶端姿照面，人称“鹿镜湖”，常有麋鹿到那里饮水。水中有一股浓重的硫黄气味，传说是英雄尕勒腾洗手时留下的气味。这里可谓每一棵石树就会有一个美丽的故事，每一朵石花就是一段英雄的历史。

据民间传说，“石林里以前住着一个妖怪，给牧民的生命财产带来极大的危害，经常弄的民不聊生。人们请庙里的喇嘛去降妖，喇嘛在与妖怪的斗法中，败下阵来，灰溜溜的逃走了。他根本就不是妖怪的对手。从此以后，妖怪更加变本加厉地侵害牧民和牲畜。在此生活的牧民不得已，只能在夜幕的掩护下悄然迁徙。这件事情传到了一个名叫尕勒腾的猎人耳朵里，他决定为民除害。牧民们担心他的安全，都劝他别去冒险，他不信邪，只身去了石林，找到妖怪与之作了殊死搏斗。尕勒腾持枪朝妖怪身上射击，身负重伤的妖怪，一看斗不过尕勒腾，就想逃之夭夭。但是尕勒腾紧追不舍，将穷途末路的妖怪逼在奎克乌苏达坂，跌下万丈深渊……”

歌颂勇敢和坚强，赞美正义与邪恶的较量，是蒙古族民间故事的一大特色。但是无论怎样讲述，其共同的特征均离不开歌颂为保卫部落和家园的安康而战的英雄，并反映出蒙古人追求正义、崇拜英雄的思想。

马克思曾经说过这样一句话：“古往今来，每个民族都在某些方面优越于其他民族。”千百年来，蒙古族人民曾经创作过许多丰富多彩的英雄史诗，从史前时期就流传在蒙古族人民中间，迄今还保持着其特有的艺术魅力，并且越来越多地引起我国各民族人民群众和国外学术界的广泛兴趣。目前，在我国境内搜集到的蒙古族英雄史诗已经有近百部，在世界各国蒙古民族中收集到的有300余部。在这些为数众多的蒙古族英雄史诗当中，最长而且最优秀的一部，是长篇英雄史诗《江格尔》。《江格尔》、《蒙古秘史》、《格萨尔可汗传》一起被学术界并称为蒙古族古典文学的3个高峰，这些传世佳作不仅是蒙古族精神世界里的宝贵财富，也是我国和世界文学史上的重要文化遗产。如果说英雄史诗是蒙古族远古文学中最重要的民间文学体裁，那么《江格尔》就是这一体裁中篇幅最长、容量最大、艺术表现力最强的代表，它代表了蒙古族英雄史诗的最高成就，从而也代表了蒙古族远古文学的最高成就，成为蒙古族文学发展史上的一个高峰。

奎克乌苏石林，这是一个不同寻常的所在。它千年万年的静默的伫立在此，当你走近它，你分明可以感受到它蕴涵的丰富的能量，却不能够用最准确的词汇描述。或许，描述，本身就是人类的自圆其说，而奎克乌苏石林，是需要你身临其境，与其对视，与其契合的。

夜深了，伴着蒙古长调，吃着喷香的手抓羯羊肉，喝着醇香的马奶子酒，让一切醉在这不眠中，醉在这暖暖的毡房里。在奎克乌苏石林，我情愿宿醉一场，在酣畅中，扬鞭策马赶赴时光深处……

写在清明的哀思

父亲离开我们整整九年了,母亲去世已二十年。

这九年里,记不清有多少次看到别人带着孩子,拎着东西回父母家时,我也禁不住有回家——回父母家的冲动,也盼望着有飘香的饭菜在等着我,有一脸亲切皱纹的父亲在等着我。看着别人从父母家进进出出,我常常忘了自己早已是没有“家”的人,心中感受着属于别人的幸福。

女儿是在父亲去世那年出生的。我,就是女儿的“家”。我走到哪儿,女儿的家就在哪儿。而我心中的家,是我父亲的老屋,那个房头有着三棵高大的梧桐树和一条泛白的土路的老屋。

那三棵梧桐树是父亲领着我和姐姐种的，那时，我大概七八岁。小时候，夏天中午不睡午觉，就在小树枝上捉蝴蝶、蜻蜓；冬天下雪了，就舔压在树枝上清凉的积雪。长大了，有了心思，就常常站在树下看月亮，也开始挑选几片或绿或黄的树叶，夹得平平展展的当作书签，现在想起来，那真是岁月的书签哪。

我快放学时，父亲常常做好饭了站在树下的土路上张望，远远看到我从柏油路上拐下来，他就忙进屋摆筷子。工作后，父亲不知我什么时候才能回家一次，就常常在那条路上溜达，以至于每次回家总能远远地看见父亲的身影，而我总以为是巧合，全然想不到散落在父亲脚下的是一步又一步的殷殷期盼。

直到我的女儿上一年级后，我或在窗前或在她必经的路上或在学校门口张望她小小的身影时，才真正体会到牵挂二字那连心连肺的含义。每当女儿小小的身影活蹦乱跳的一经出现，整个世界都在我的眼里鲜活生动起来，悬吊的一颗心也立刻踏踏实实。这时候，我才明白父亲盼我回家的心情。可这么多年后，即便明白却也是无以回报了。

如今，老屋已经倒塌了，只剩下那三棵梧桐树，还有那条土路，锁着我对于家的全部记忆和念想。

父亲一辈子节俭，为人正直、善良，不善言辞。自从母亲过早的去世后,生活的艰辛和负重使他更加沉默寡言,原本结实强壮的身体在岁月的侵蚀中一日日瘦削下来,浓密的头发渐渐稀少了,并有了些许白发,脸上不知什么时候也有了一道道皱纹,眉头常常凝结着愁苦。而我,就在他渐多的白发、皱纹和愁容满面中一天天长大。直到我们都成了家,父亲的眉头才渐渐舒展开来。但这时,他,更瘦了。更痛心的是,这时候病魔已折磨他多年了,我们浑然不知,他却一直默默承受着,坚忍着。身为医生的丈夫催他去医院检查时,已是癌症晚期了。

父亲这辈子,实在是太苦了!

像当年许多支边的热血青年一样,父亲19岁就从四川老家来到新疆。谁知这一迈开脚步,却是一路的艰辛!那一年是1958年,正赶上大跃进,举国上下都在鼓足干劲,多快好省的大干社会主义。在那个连遭自然灾害的年代,父亲他们那批年轻人,不分昼夜,埋头苦干,透支着自己的体力和青春,却只能扎紧裤腰带,吃麸皮、油渣、淀粉,过着食不果腹的日子。身为党员的父亲原本开朗豁达,慢慢变得沉默了。随着打破大锅饭实行承包到户和家庭农场的政策落实到兵团,取消了工资制,团场连年亏损苦不堪言。母亲就是在那个时期病倒的。父亲每天忙完工作还要照顾我们和伺候不能自理的母亲，两年后，母亲在家里去世了。这以后，父亲真是又当爹又当妈，独自一人挑起了生活的重担。由于父亲在工作中吃苦耐劳，在生活中宽厚待人，多次被评为优秀党员及先进个人。至今我仍珍藏着父亲年轻时的照片：国字脸，高挺的鼻梁，浓密的头发，宽宽的肩膀，强壮的身体，站在屋旁的土路上微笑着抽着烟。我怎么也无法把记忆中瘦削、满面沧桑的父亲同这张照片联系在一起。岁月在怎样无情地将一个生龙活虎的男儿蚕食的面目全非啊！

我永远忘不了我们兄妹几个知道父亲得了癌症这个噩耗时站在人来人往的街头痛哭流涕的情景……

父亲去世后，好长一段时间我都不愿相信这个事实。我就像一只飘在空中的风筝，突然断了线，孤零零的在这世上，无依无靠，而风筝的那头，就是父亲、家。

多少年了，父亲那厚重的爱，在我的心里，就是身后一座苍苍莽莽的大山；父亲的老屋以及房头那三棵梧桐树和那条土路，则是永远等着我停泊的岸。

多少次了，我几欲为忆念中的父亲写几行字，但终究不能够。每每提起笔来，心里就很沉重，不知如何落笔，唯恐一丝一毫的轻慢亵渎了心中那份日久弥深的深切的怀念。

清明又至，每逢这个时节，那漫天的细雨如同天穹的眼泪，似在提醒我——父亲，真的去了……

境随心生

一位哲人单身时,和几个朋友一起住在一间只有七八平方米的小房子里。看他总是乐呵呵的,有人问他:“那么多人挤在一起,有什么可高兴的?”哲人说:“朋友们住在一起,随时可以交流思想、交流感情,难道这不是值得高兴的事吗?”

过了一段时间,朋友们都成了家,先后搬了出去,屋里只剩下他一个人,但他每天仍非常快乐。又有人问他:“你一个人孤孤单单的,有什么好高兴的?”他说:“我有很多书哇。每一本书都是一位老师,和这些老师在一起,随时请教怎不令人高兴?”

几年后,这位哲人成了家,搬进大楼,住一层,仍是一副其乐融融的样子,有人便问:“你住这样的房子还能快乐吗?”

哲人说："一楼多好啊！进门就是家，搬东西很方便，朋友来访很方便……特别让我满意的是，可以在空地上养花、种草。这些乐趣真好啊！"

又过了一年，这位哲人把一层让给一位家里有偏瘫老人的朋友，自己搬到楼房的最高层，而这位哲人仍是快快乐乐的，朋友问他："先生，住顶楼有哪些好处？"他说："好处多着呢！每天上下楼几次，有利于身体健康；看书、写文章光线好；没有人在头顶上干扰，白天黑夜都安静。"

柏拉图说："决定一个人心境的，不在于环境，而在于心境。"

凡事都有利弊，就看你是让利决定你的心情呢，还是让弊决定。

下面这段对话也很有意思——

父亲值夜班回家，看到女儿一大早就伏在桌上做功课，很高兴，就说："认真做，下午我带你去公园看荷花。"

"可是爸爸，天气预报说下午有雨啊！"读二年级的女儿已经懂得关心天气预报了。

"那正好啊！"父亲说，"雨过天晴，荷叶绿油油，荷花更好看，而且空气中到处都是荷花的香味。"

"可雨要是不停呢？"女儿还不放心。

父亲笑着说："那也没关系啊，我们就在细雨中看着雨滴在荷叶上滚来滚去，就像你平时玩的玻璃球，不也很有意思吗？”

“可万一要是下很大的雨呢？”女儿刨根究底。

父亲更乐了：“我们就找个凉亭，你可以在凉亭里仔细地看青蛙是怎样躲在像小伞一样的荷叶下自得其乐的，你还可以看看那些美丽的荷花能不能扛得住大风的袭击。”

“那……”女儿想了想，又问：“那要是不下雨，就像现在这样阴天呢？”

父亲抚着女儿的小脑袋说：“那我们就在湖边散散步，好好放松放松，明天你就可以更加精神饱满地去上学呀！”

女儿的脸顿时笑成了一朵花，在美好的期待中，她继续全神贯注地做功课了。

生活中的很多事情，其实只是你如何去看待的问题。相信这个小女孩还没有去公园，她心里的那朵荷花已经悄悄地绽开了！

快乐原本可以很简单的！

而有些人却一辈子活在自制的牢笼之中。我们再来看看下面这个故事——

一个人在他23岁时为人所陷害，在牢房里待了9年。后来冤案告破，他终于走出了监狱。出狱后，他开始了常年如一日的反复控诉、咒骂：“我真不幸，在最年轻有为的时候竟遭受冤屈,在监狱里度过本应是最美好的一段时光。那样的监狱简直不是人居住的地方……真不明白，上帝为什么不惩罚那个陷害我的家伙，即使将他千刀万剐也难解我心头之恨啊！”

73岁那年,他终于卧床不起。弥留之际,牧师来到他的床边:“可怜的孩子,去天堂之前,忏悔你在人世间的罪恶吧……”

牧师的话音刚落,病床上的他声嘶力竭叫喊起来:“我没有什么需要忏悔的,我需要的是诅咒,诅咒那些施与我不幸命运的人……”

牧师问:“您因受冤屈在监牢待了多少年?离开监狱又生活了多少年？”

他恶狠狠地将数字告诉了牧师。

牧师长长叹了一口气:“可怜的人,您真是世上最不幸的人,对您的不幸,我真的感到万分同情和悲痛!但他人囚禁了你区区9年,而当您走出监牢本应获取永久自由时,您却用心底里的仇恨、抱怨、诅咒囚禁了自己整整41年！”

没有人可以束缚你的心灵,束缚你的是你自己;没有人可以拯救你,拯救你的也只有你自己。

这个可怜的人,临死时他都不知道他最大的不幸是什么。

都说,环境决定人的性格,性格决定人的命运。看来,这个“境”真的很重要。而所处的环境如何,完全在于自己的心态。心态决定一切,你的心中是什么,你的世界就是什么。

那天在回家的路上,碰到一男一女两个人,都是蹬着三轮车贩菜的,男的对女的说:“明天见!”女的笑着答应了。男的也笑了,用力地将三轮车向前蹬着走了,仿佛向他美好的明天奔去。女的则在站在自己的三轮车跟前没动,脸上一脸的幸福一脸的阳光!

想必这一天他们的心中都将是洒满阳光的!

我只是从他们身边经过,我只是听到一句“明天见”,就被他们的快乐感染了,脸上也挂满了笑意。

闹市那对拉着二胡卖唱的盲人老夫妇,当他们相互搀扶走在街市,谁能说他们不是幸福的呢?眼前这对蹬着三轮车卖菜的青年男女,当他们享受着属于他们的青春和阳光时,谁能说他们不是快乐的呢?

下野地之夜

太阳，劳累了一天，拖着沉重的步子，慢慢地溜达着，回家歇息去了。四处觅食的麻雀也吃饱了，用翅膀拍打拍打圆滚滚的肚皮，飞往树枝上的巢，睡觉去了。

夜幕，一点一点在下野地降临了。

白天的下野地是安详的。红瓦白墙的齐整的平房小院里，桃树、李树或苹果树自顾自地开着花结着果，有的还把茂密的枝条伸向邻家小院。树下的茄子、辣子、西红柿、黄瓜等蔬菜也是争先恐后地生长着，一切都是悄无声息的。一座座楼房掩映在绿荫里，难得看见几个人影，偶尔在房前屋后阴凉地坐着的，是头发花白奉献了一辈子的老军垦，在守着他那满地乱爬疯跑的孙儿，或是几只昂首阔步的鸡、鹅。巍峨气派的团部机关大楼前树影婆娑，绿草茵茵，三三两两的稀稀落落的“闲人”，或走路，或骑自行车，不紧不慢的。

到了傍晚，下野地变的热情和奔放起来，像从天山上融化的渠水一样，汩汩流动。薄薄的夜幕下，半空中缭绕着蒸腾着一层薄薄的烟雾，其实不是雾，那是从地里回来的人们还有归圈的牛、羊荡起的灰尘和着汗气和炊烟，就形成了房顶上、树梢上那层薄薄的烟雾，远远望去，云遮雾绕。刚刚收工回家的农工们，顾不上休息，赶紧吆喝着圈里的牛、羊、猪，窝里的鸡、鹅、兔；吆喝着媳妇烧火煮饭；吆喝着孩子去小卖部买包烟再捎瓶啤酒；吆喝着热火朝天的小日子。家家户户的窗户陆陆续续亮了，灯光里孩子在做功课，女人采摘了新鲜的蔬菜，在灶台前忙碌。连队里，一排排整齐的院落，一畦畦盎然的菜园，这时都鲜活起来，连队的广播也开始响响亮亮的吆喝起来。

团部小镇上，更是热热闹闹。机关大楼前的广场上，在流行歌曲的伴随下，一对对人儿翩跹起舞；还有几个孩子在滑旱冰，矫健的身影像燕子一样飞来飞去；大楼右边的一排健身器材，总有老人和小孩在等待，这个人下了那个人赶紧上，快乐的晃来悠去；马路上，不时有摩托车呼啸而过，横冲直撞，威风凛凛，好似帝王一般。蚊子，历来也是团场不可缺少的一分子，总是赶着和夜幕一起来临，不甘寂寞的自哼自唱，独自起舞，冷不丁在人们身上叮咬一下，以示它的存在，好在生活在团场的人们早已习惯，不会为此大惊小怪。

团部菜市场附近是最热闹的地方，饭馆、商店、糕点房、化妆品店、种子店、馍店、粮油店，应有尽有。早晨，卖菜的，卖肉的，卖鱼的，卖水果的，红红火火忙碌一阵子，一般到了中午以后就没什么生意了。下午，懒洋洋的经营着的，是卖凉皮子的，卖作料面的，卖小百货的。到了晚上，精神抖擞的还在忙着做生意的要属小上海饭馆、如意饭馆、千僖酒楼了，灯火通明的小饭馆门前的路上，停满了摩托车、汽车。走进小饭馆，里面居然也设置了一间间雅座，雅座里还安装了空调，菜肴决不是想象中单一的大盘鸡、大盘肚、大盘兔之类，可以说生猛海鲜应有尽有，分量绝对扎扎实实，味道也自有小地方独特的风味。聪明的小上海饭馆，还在门前的空地上拉上电灯，摆起了大排档，沙锅在灶上咕嘟咕嘟冒着热气，烤肉、羊排、烤鱼在烤炉上滋滋作响，各色时令小菜色泽诱人。无论在雅座还是在大排档，推杯换盏的，均是男人居多，粗声大气的谈论着棉花、麦子、苞谷，谈论着生产、收成、希望。

夜，深了。稀稀落落的几盏路灯还在为路上来来去去的人们擎着光明，也把下野地的明天照亮……

我们的童年

所谓的我们，指的是20世纪60年代出生的那一拨，再往窄了说，指的是生活在新疆建设兵团的或者曾经在这生长过的那一拨人，可以说，是军垦第二代。

那个时候，家家户户都是几个孩子，少则两三个，多则五六个，甚至七八个。又赶上饥荒的年代，虽说是大生产大跃进，大人们实际上食不果腹，硬凭着一股战天斗地的革命豪情誓把戈壁变良田。实践证明，他们这些老军垦们的理想基本算是实现了。如今的团场，住的从最初的地窝子，土坯房，半截砖半截土块的房子，再到一砖到顶的庭院，房前屋后栽满了花木果蔬；家里的摆设也是从最早的军用水壶、马灯，到现在的彩电、电话、沙发、席梦思、冰箱、洗衣机；家里自用的车从架子车和爬犁子到自行车、摩托车，再到小汽车，变化真可谓是翻天覆地，沧海桑田。当然，这都是后话。

那时我们这些生不逢时的孩子也跟着遭罪，说是遭罪，可我们那时候可不这样认为，也不知道自己是在遭罪，因为没有过过好日子，没有比较。那时候，没有白面馍，每天能吃上苞谷面混合馍，能吃饱饭就很不错了，家里人口多的，吃麸皮馍都是很正常的事。

好在我们家只有三个孩子，哥哥、姐姐和我。更幸运的是，妈妈在伙房工作，每次跑去，我总能混上一块苞谷面掺糖精的发糕吃，那味道可比现在孩子们吃的奶油蛋糕要强多少倍。偶尔，我还可以吃到一小碗米饭，那一小碗米饭是连队食堂蒸发糕时顺道一起蒸的，我至今还记得，下笼时掀开巨大的笼罩，我伸长了脖子在烟雾腾腾的蒸汽里睁大眼睛，看着笼一个一个被端下，而属于我的那一小碗米饭就乖巧地藏在其中的一层笼屉里，妈妈嘴里吸溜吸溜地把滚烫的小铁碗从烟雾缭绕中端出来，再使劲用嘴呼呼地吹，好像这样就能让它快点凉，好让眼巴巴的我快点吃到嘴里，可惜米饭却从来没有蒸满过。妈妈挖半勺大油（肥猪肉炼的油），再倒点酱油，油汪汪的米饭泛着酱色的光泽，香气立马就出来了。顾不上烫，什么都顾不得，眨巴着眼睛，几口就吃完了，那个香啊！而哥哥姐姐一般是享受不上这种待遇的，他们从不挑食，胃口出奇的好，只要有吃的，一定是要吃到肚儿圆的，不管是白菜、洋芋，还是甜菜、雪里蕻。

那时候，孩子们没有现成的玩具，就是有，我们这些团场长大的孩子也少见，全靠自己动手制作，毽子、沙包、弹弓、嘎嘎、喇叭等等，不管是什么，都能给我们这些成天在外面野跑的孩子们带来无穷无尽的乐趣。

“艰苦奋斗，自力更生”是那个时代的口号，却在我们这些孩子身上也发挥得淋漓尽致。

春天，柳树抽芽吐绿了，折枝柳条，抽去里面又白又滑的杆，只留青绿的一截树皮，再小心地用小刀把截好的树皮的一端刮去薄薄的一层，含在嘴里，一吹，悦耳的春天就这样被我们这些孩子们叫醒了。岂止是我们，大人有空了也会帮我们做，看谁做得好，吹得响亮。那时候，没有环保意识，也没有现在随处可见的写着“爱护树木”、“爱护花草”字样的小木牌。只要我们想得到的，只要不破坏庄稼，我们都勇往直前。

“忽如一夜春风来，千树万树梨花开”，没多久，榆钱就悄悄地绽开了绿色的花蕊，挤挤挨挨，相亲相爱的模样。这时候，功夫好一点的孩子像猴子一样爬上树，折断一些榆树枝，其余的孩子就蹲在树下把榆钱捋到箩筐里，大人收工回来，会喜悦的掺点面，撒点盐粒拌匀了放到锅里，蒸熟，末了出锅时淋点香油，一排房子的住户一家端上一碗尝个鲜。

那时候，家家户户都没有院子，吃饭时常端着碗在门口一边吃一边唠嗑，孩子们则东家窜西家的乱跑，出出进进就像在自家一样。

五月，沙枣花开了，那香味胜过我见过的任何一种花。我总爱折上几枝，回家插在水瓶子里，沙枣花淡黄色的花蕊在并不亮堂的家里幽幽地散发着馥郁的芳香，让梦也香甜。

一阵风过，满树沙枣花的香气随蝴蝶一起在连队翩翩起舞，我们的童年，就在这春天的芬芳里等待夏天。

夏季，是最有玩的了。

天山上融化下来的雪水，涨满了水库和渠道，男孩子总是三五相邀去游泳，大多数是背着大人偷偷摸摸地去的。一旦逃离了大人的视线，这些孩子顽皮无邪的天性，就像头顶上火辣辣的太阳，无遮无拦地迸发出来。跑到渠边，三下五除二脱个精光，笑着闹着，争先恐后跃进水里。胆小水性不好的，在渠边试试探探，别的孩子就一把把他拖下水，也有大孩子披着一身的水珠上岸，拎起小男孩的两条腿，往水里一扔！水里立刻溅起一片快乐的浪花和痛快的笑声。

男孩们在水里嬉戏、打闹、比着逞能，所谓的游泳，也就是狗刨，或者，就是泡在水里搓搓身上积了一冬的泥垢。所以，那时候戏水不叫游泳，叫洗澡。在夏日的大中午，男孩子们会这样相邀："走，洗澡去。"火辣辣的太阳灿烂的照耀着他们赤条条的身子,温暖着他们童年的贫瘠岁月。

往往,这快乐这痛快之后很可能有一顿皮肉之苦在等着他们。因为每年都有不识水性的大人或孩子被淹死,大人们都反对孩子偷跑出去洗澡。收工回来,经验丰富的大人们在疯野了一天的孩子脊背上用手指一刮,只要出现一道白印,这孩子立刻就会遭到一通暴风骤雨般的呵斥或暴打。但这又算得了什么呢,太阳底下波光粼粼的清清的渠水总是那样充满诱惑,挨顿打实在算不了什么。过不了几天,又偷偷去了。偶尔,还有或大或小的鱼儿在水里神出鬼没,运气好了,可以抓几条回家,大人沉着脸将鱼开肠破肚,或煎或炸,给那单薄的日子烹调一顿丰美的好菜,袅袅炊烟也跟着轻舞飞扬起来。

如今,被拉下水或扔到水里的小男孩也早已成了娃他爸,当年只恨自己小被人欺负,到头来却和欺负自己的大男孩成了铁杆兄弟,端起酒杯总忘不了小时候被扔下水的一幕,哈哈大笑的时候,所有关于童年的回忆,就成了他们百吃不厌的一道下酒小菜,每每相聚每每端杯都念念不忘。

房前屋后的树林带也是孩子们的好去处。浓阴如盖的榆树下,哨兵般挺立的白杨树间,果实累累的沙枣树旁,总有孩子的身影。阳光笑眯眯照射在茂密的树叶上,一阵带着热气的风吹过,呼呼啦啦的作响,仿佛是细碎如金的阳光相互碰撞的声音。女孩在抓骨头子，跳皮筋；男孩子弹钢蛋，打四角，打仗；刚会走路的小崽崽，蹲在地上看蚂蚁，抓虫子，各得其乐。挺拔的白杨树不粗不细，两棵之间结结实实地拴一根粗麻绳，就成了一架秋千。童年，就在秋千上被晕晕乎乎的荡来荡去。

我最爱在树枝上，苇叶尖上以及到现在也不知名的杂草叶上捉蜻蜓。有着两片薄如蝉翼透明翅膀的蜻蜓，总是比我机灵比我聪明，每当蹑手蹑脚的我刚刚接近它，还没等伸出手去，它就扑扇着翅膀飞走了，仰望着它在七彩的阳光下越飞越远，没有人告诉我它将飞向何方，童年的惆怅，就在不可及之中莫名的滋生了。

遇上林带浇水，孩子们可以做的就是用芦苇叶折成小船，再把它放进汩汩流淌的水里，一只只翠绿的小船，次第在树跟和杂草间穿梭而行，多像一艘艘远航的帆船，向着遥远的远方，向着未知的未来，快乐而又勇敢地前进！

秋天，终于来了。

新疆是瓜果之乡，但我们小时候的瓜果就是西红柿、黄瓜、西瓜、甜瓜、哈密瓜，海棠果、苹果、葡萄是再大了些时才吃到的。当然，还有沙枣，也是秋天里孩子们的好吃食。

西红柿有红的、黄的，红的脆甜，黄的是沙瓤子，面面的；黄瓜从来不洗，摘了就往嘴里填，黄瓜的一头还带着嫩黄的花蕊；甜瓜，也叫香瓜蛋子，真叫甜，有的甜得吃了后烂嘴角；最好吃的数西瓜，又解渴，又顶饿，大红袍，个大味甜，一个有十来公斤，使劲一摔，红瓤黑籽，润泽诱人！我总是争着抢着用手先挖了中间的瓜心吃，那个脆，那个甜，那个水灵啊！吃完了就用瓜皮洗脸。不过，那个时候是绝对没有美容意识的，那个时代没有也美容这个词，用瓜皮洗脸纯属好玩。

到了西瓜罢园的时候，西瓜地简直比集市还热闹，家家户户齐出动，争着抢着把公家丢弃的小瓜、歪瓜以及死秧子瓜据为己有。那时候，什么都是公家的。直到把架子车装满了，大人小孩才肯罢休，大人在前面拉着车，几个小孩要么在后面推车，要么跟在车屁股后面跑。成串的架子车，成串的人，熙熙攘攘，大呼小叫，蚂蚁搬家一样把各自的胜利果实乐呵呵地运回家。

我们还溜过罢园的麦子地、苞谷地、红薯地、菜地，每次都如同寻宝一样，每次都那么快乐。

男孩子大都有过“偷”西瓜、“偷”苹果的经历，那被看园人或看园人的狗追撵的像兔子一样飞跑的惊险与刺激，可能一辈子想忘也忘不掉。若是被大人知道了，回家还免不了一顿揍在等着。

好在沙枣才是真正属于共产主义的产物，没有人看管，到处生长的都是，可以任意吃个够，直到吃的嘴发涩为止。沙枣有大的，有小的。大的，我们管它叫胖沙枣，胖沙枣黄红色，沙沙的，面面的，不怎么甜，从树上捋下后，一般带回家煮着或蒸着吃；小的，就叫黑沙枣，黑沙枣黑亮饱满，用不着蒸煮，捋下来就直接入口，吃在嘴里甜在心里，那滋味，比冬天里妈妈用甜菜熬的糖稀还要甜。通常，哪一棵沙枣树结的沙枣最黑最甜，哪一棵沙枣树结的沙枣树最大最红，我们这些孩子们早都认准了，一等树上的沙枣熟透了，就群起而攻之，一扫而光！

金秋，最引人注目的，是那黄灿灿的树叶。而黄的最透彻最辉煌的，要属白杨树和胡杨树。

层层叠叠的叶子，经过了冬的孕育，春的萌发，夏的茁壮，凭着强烈的追求，借助于秋的爆发，达到了生命的沸点。好一片成熟的金黄，有的颜色深一些，有的颜色浅一些，有的还透着点红。它们曾以不同的姿态迎接阳光雨露，而今又以不同层次的金黄遍染着祖国的大西北。

它们多像我们的屯垦戍边的爹娘们啊，用青春，用热血，用对这片土地深深的眷恋，甚至用生命，换来兵团今天的辉煌与美好。

深秋的天空，像大海一样湛蓝澄净，朵朵白云犹如扬帆归航的轻舟，慢悠悠地漂浮着，只有那急匆匆的大雁，排着人字形的队伍，一边向南飞去，一边朝地上抬头张望的我们招呼:“再见呀——再见呀——”

一阵萧瑟的秋风卷过,秋天——就悄悄地谢幕了。

冬天,则在另一番诗情画意中姗姗而来。

在南方,冬天是几乎看不到雪的。在许多南方孩子的心目中,我们北方的冬天,特别是我们新疆的冬天,遍地白雪皑皑,粉妆玉琢,银装素裹,玉树琼枝,简直就是梦中的童话世界了。

最喜欢下雪了。纷纷扬扬的雪花,漫天飞舞,不一会儿整个世界就变成了银白色。看,多美的小雪花啊!开始零零落落的,像小银珠,像小雨点;慢慢变得像柳絮一样,飘飘洒洒的,又厚,又柔,又轻;接着小雪花变大了,变厚了,变得密密麻麻,就像谁用力摇动天上的玉树琼花,那洁白无瑕的花瓣纷纷飞下来;后来,雪下得越来越大,小雪花们在半空中你拉我扯,你抱住我,我拥紧你,一团团,一簇簇,仿佛无数扯碎了的棉花球从天空翻滚而下,这时,整个世界都变得迷迷蒙蒙的,美不胜收。大地,山川,田野,盖上一层厚厚的棉被,春姑娘躲在棉被里美滋滋的呼呼大睡。

等不到雪住风停,一群群的孩子,就雀跃地跑到雪地上堆雪人,掷雪球,或者打几个滚。那欢乐的叫喊声,嬉闹声,把树枝上和天空上的雪都震落下来了。孩子们红扑扑的笑脸,是绽放在冬天里的最美的花朵。

窗花，也是上天赐予我们的神奇礼物。严冬，使玻璃窗上挂了厚厚的一层霜，编织成了一幅幅精美的画面。这就是北方严冬所特有的自然景观——窗花。窗花有的像一束束洁白的羽毛，整整齐齐地排列在一起；有的像一群展开翅膀飞翔在天空的小鸟，追逐嬉戏；有的像一棵棵参天大树，牢牢地扎在土里；有的像森林中的树叶，一片一片簇拥在一起，好像谁也离不开谁；有的则像剪纸作品，那样精细美观，千姿百态……春、夏、秋、冬，大自然中的各色美景仿佛都浓缩在这小小的方寸之间。

等到太阳出来，晴空万里的时候，地上厚厚的积雪在阳光的照耀下泛着细碎的光泽，亮的晃眼，白的发蓝。一望无垠白雪皑皑的原野上，朝阳的地方白亮的刺人眼，背阴的地方则呈现着幽幽的淡蓝色。深一脚浅一脚地走在雪地上，“咯吱咯吱”踩雪的声音，使寂静的冬天不再沉寂。

过年，是盼了又盼的。

过年的时候，会穿上盼了又盼的新衣服，新条绒棉鞋；会吃上盼了又盼的饺子，油饼，油条，还有肉，而这些美味在平时是很难吃到的；会听到盼望中的劈劈啪啪热热闹闹的爆竹响声，那时家家户户都是必定要放的；还会有拐了几道弯八竿子也打不着的亲戚来拜年，大人把最丰盛最好吃的食物都留给亲戚来了吃，早早的打发孩子去路上迎接，大人则在家忙着准备客人来了的吃食。

记得我每年过年时，都会穿着新衣服在连队小路东边的桥上盼亲戚，盼亲戚快来，盼中午快开席。好像一年里，就为了今天这么一盼，若亲戚头一天没盼来，第二天一定会来的，年年都是那几日。

后来，盼了又盼的小路上不再热闹，路那头也不见了亲戚骑着自行车车把上挂着礼物喜滋滋赶来的身影。年，也就一年一年渐渐的黯淡下来。至于鞭炮，更是可放可不放了。

……

如今，我的童年，已定格在那张发黄的老照片里。在那张黑白的老照片里，有一个七八岁的小女孩，穿着一身花平布衣服和一双布鞋，胸前佩戴着毛主席像章，手里举着毛主席语录。这个小女孩，就是我。

那是我第一次照相。

如今，我领着我的孩子，穿着儿童品牌衣服的、用着高档学习用具的、家里堆满玩具和布娃娃的我的孩子，徜徉在肯德基、百富汉堡、公园、儿童乐园、新华书店时，我常常忍不住想起我的童年，我们的童年，那属于我们兵团孩子们的童年。

日月荏苒，光阴不再。

当年坎坷不平的小路，已宽阔平坦。当年亲手栽下的小树苗，已枝繁叶茂。当年藏着温暖记忆的土坯房，已经坍塌。当年一同玩耍一同生长的伙伴，已添白发。当年一遍遍唱起的童谣，已遗忘在成长的路上。

我们的童年，就在这一年年的变迁中，一年年的走远……

一件皮衣的痛

父亲曾经很想要一件皮衣。

那个时候，一件皮衣的价格大约是三四百块钱，说起来不算贵，在当时却也不算便宜。当父亲很婉转的流露出他非常喜欢吴老师穿的那件黑色皮衣时，我很痛快地说："我给你买一件！"并告诉他，咖啡色的更好看。父亲很不好意思，"花那个钱干啥，我只是说说。不过，我还是喜欢黑的。"

我知道，父亲虽这么说，心里还是想要的。

在我的记忆里，一辈子勤恳节俭的父亲，从未为自己添置过什么新衣物，两三件洗得有点褪色的黄色军便装换着穿，但总是干干净净，有棱有角的，相对较新的那件要到出门或过年才穿。而年少不经事的我们，每当过年时兴高采烈穿着新衣裳蹦过来跳过去的时候,是顾不上打量父亲身上的旧衣裳的。

我哥哥当兵时从部队给他带回来一套淘汰的黄军装,他舍不得穿,整整齐齐地叠起来放在箱子里;给他带的胶底的军用布鞋,他也压在箱底。当时我真不明白,觉得父亲不会生活,却也懒得理会。只想着向父亲要点钱买件滑雪衫或牛仔裤什么的,来装扮自己的青春岁月。那个时候,甚至天真地想:“他不爱花钱我来替他花。”好在父亲几乎从未拒绝我的要求,任由我折腾着。

临近上高三时,我突发奇想地要到四川老家去上学,父亲一开始不同意,但终究拗不过我。到了四川,收到父亲的信,大大地写着几个字:“儿行千里母担忧!”不善言辞,沉默寡言的父亲把他的辗转反侧的牵挂和不放心都放进这几个字里去了。

父亲收入微薄,那时,一年辛苦到头,到年底兑现时,父亲才领到七百二十多元钱,在供我上完大学后,就几乎一贫如洗了。他从来没有给我说过,我是后来才知道的。

虽然生存环境不好,但我从小就偏食,上大学时,每次放假回家,父亲都给我做好吃的,做好了看着我吃。那时哥哥姐姐都成家了,家里就我们两个人吃饭,却常常吃着不一样的饭。而念了一肚子书,满腹经纶的我却不懂得妇孺皆知的孔融让梨的道理，自顾自地、心安理得地咀嚼着父亲的疼爱，就向沐浴着阳光一样坦然，没有一丝一毫的不安。

直到父亲病倒了，属于他的时间不多了，我才幡然醒悟。

父亲于1993年年底被确诊为胃癌晚期。1958年就支边来到新疆的父亲，在这个地方没有一个亲戚，母亲这时也过世9年了。他是自己去医院检查的，又是自己去拿的化验单。那时，哥哥姐姐都成家了，离得远，我刚工作，很少回家。我们兄妹三个就像翅膀硬了的鸟儿，飞向了广阔的天空，多病的父亲独守着空巢，在我们的不知不觉中日益瘦削。他好不容易把我们兄妹三个拉扯大，还没等熬到退休享清福，病魔与死亡又来临了。

山一样的父亲一下子倒下了，躺在床上不吃不喝，怎么也想不通。那天哥哥不知怎么忽然想着该回去看看父亲了，就骑着摩托车回去了，推开门，只见父亲躺在床上，闷声不响，哥哥和他说话，他只是叹气，什么也不说，最后，从枕头底下拿出一张化验单交给哥哥。

一直以为父亲是身后的岸，我是奔流的小溪，只顾欢唱着涌向大海，拥抱生活；一直以为父亲是沉默的山，我是山上一棵郁郁葱葱的小树，张开双臂尽情吸收着阳光雨露。

母亲早就去世了，如果父亲再离开人世……

我不敢想。

终于醒悟,该为父亲做点什么了。

在父亲手术的那段时间里,我很“孝顺”的照顾着父亲,陪着他。但很快热情就冷却了,因为要工作,因为忙,因为心情不好,因为有很多堂皇的理由,每次也就象征性地去看一看,像医生查房般的探询。在我,实在是习惯了接受父亲的宠爱、呵护和无微不至的照顾。

这么多年来,父亲又当爹又当娘,独自一人坚忍着承受生活的磨难。我就像父亲温暖翅膀下安然自在的雏鸟,视而不见、全然不顾父亲的天空里凄风苦雨。

手术后,许是怕为我们增加经济负担,父亲很快就出院了,我还以为父亲的体质好,恢复的快,就彻底放下心来。实际上,明明知道胃癌晚期就是把胃全切了,也活不了多少年的,但就是不愿去相信和面对这个现实,总想:“不会的,不会的,父亲是好人,一定会长寿的。”

就这样,父亲在手术后的那个春天流露出想要一件皮衣时,我虽很痛快地应诺了下来,但始终没有买,总觉得不着急,以后再买也来得及。

夏天来了,秋天来了,冬天来了,我竟渐渐地淡忘了这件事。偶尔想起,也总会对自己说:“顾不上,以后再说吧。”

时间就这样一天一天的过去了,我也很少去看望孤身一人居住的父亲,还是一个永远的理由:我在忙。

不知为什么，父亲也没有再提起。

不经意间，又一个春天来了，而父亲却越来越瘦了，到了入夏，他已经连水都不能进食了，瘦得皮包骨头，经检查，被告知是癌细胞转移形成食道癌。

终于，在1995那个秋天，中秋节的前一天黄昏，父亲在家里去世了。

家家户户团圆的日子，我和姐姐守着父亲僵硬的躯体，撕心裂肺的哭着。那天，比清冷的月光更冷的是我的心。

在这之后的岁月里，我常常陷于痛悔之中，为了那件始终没有买的皮衣，为了再也没有机会尽的孝。

“最是人间留不住，朱颜辞镜花辞树”。很多时候，我们常常忽略了属于年迈的父母的时间，真的是过一天少一天，有些可以现在就为父母做的事，千万不要等到“以后”再说。这个“以后”，带给自己的也许是一辈子的遗憾和悔恨。不少人没日没夜的忙着自己的工作，虽有孝心，却很少有时间陪父母，他们总想着等着钱挣的再多一点，房子再大一点，车子再好一点，职位再高一点的时候，让老人享享清福。然而，等条件好一点时，已经晚了。

这么多年过去了，现在的我，已是一个10岁孩子的母亲了，当我把全部的爱倾注在女儿身上时，我常常想起我的父亲。为了女儿，我学会了克己；为了女儿，我懂得了生命存在的意义。看着女儿在我的关爱里快乐成长，我会时常想起我的父亲，我会时常甜蜜地回想当年在父亲宠爱下的我，心中充满了迟到的感恩！

但又能怎样呢？父亲毕竟是早已不在人世了。

想想父亲在世时，从小到大，无论我向父亲索取什么都是那么理直气壮。然而，在父亲生命走向尽头的时候，他那躲躲闪闪的、很难为情的、最后的、又是唯一的愿望，我竟不能满足他。

鸦有反哺之义，羊有跪乳之恩。这件未了却的皮衣，现在竟成了我心中永久的痛。

“谁言寸草心，报得三春晖”。

渥巴锡汗，精神走在大地上

不是所有的眼泪都呈现在脸上。在广袤的巴音布鲁克大草原上，开都河——这条通天之河，像一行眼泪，在群山的怀抱里，缓缓流淌着，诉说着曲曲折折的东归之路，诉说着思念故土的忧伤……

穿行在独库公路，我们的车辆像一只雄鹰在崇山峻岭、深川峡谷中盘旋翱翔。翻越哈希勒根、玉希莫勒盖等达坂，跨过奎屯河等湍急的河流，一路上的风景，用雄、奇、险、峻来形容再合适不过。其中，2800 多米的路段都是在海拔2000 米以上，4 座达坂海拔在 3000 米以上，路经 5 条河流，拥有世界唯一的防雪长廊，全国海拔最高的哈希勒根公路隧道。这不是一条平凡的路。你会经历一个“从火焰到海水”的心路历程。此外，那拉提草原、乔尔玛风景区、一道道达坂、高山雪峰、山中的流云，都将使这条路的旅行变得非同凡响。

然而，进入和静县域内的巴音布鲁克大草原，你会深切地感受到——沿途的风景，不过是铺垫。青草覆盖的山坡，成群的牛羊在悠闲觅食，千年不化的积雪，与天空交相辉映，那份纯净与高远，让人感受到一种世袭的宁静。

吹着清冽甘甜的凉风，坐在车里，目光所及，野花如织，远山如黛，崇山峻岭，峰峦叠嶂，青翠的草坡连绵不断，满眼都是醉人的绿色，如果时光就此停驻，就这么一直走下去，多好！

在这里，所有的疲惫和忧伤都被宁静的草原轻轻拂去，一身的风尘也被草原上的风吹的无影无踪。而开都河，这条美丽的河流，以最完美的姿态把心中那行不曾流出的泪水呈现给天边这片群山环绕的广阔草原。

如果人间真有天堂，那就是巴音布鲁克。

置身在向往已久的巴音布鲁克大草原，忽然想到东归英雄渥巴锡，这眼前呈现的一切人间盛景，应该是大自然给予英雄的渥巴锡和历经磨难颠沛流离的土尔扈特人最好的馈赠吧！

渥巴锡，创造了举世闻名的民族大迁徙奇迹，他的名字和他所创造的感天地、泣鬼神的英雄壮举，充分表现了中华民族不畏强暴、反抗压迫剥削与酷爱和平自由的光荣传统，将永远光耀史册。

渥巴锡是土尔扈特部的第七代首领，出生于俄国，1761年继汗位。由此，不得不追溯到一个宏大悲壮的历史背景——

1628年，土尔扈特部首领和鄂尔勒克率他的属民，联合了和硕特、杜尔伯特部的一部分，徙牧到了额济勒河（今伏尔加河）下游。土尔扈特是我国蒙古族中一个古老的部落。他们自古就生息在贝加尔湖一带，是一个勤劳、勇敢，有着光荣历史的部落。

土尔扈特部在西迁之前的几十年里，经济得到了极大的发展，无论是农耕还是畜牧业都得到了快速发展，自身人口和外来人口大幅增加。部落的实力并不小于当时的准噶尔部，然而，出于容让和各个部落的团结和睦，出于避免纷争的大义，也出于土尔扈特部自身发展的需要，土尔扈特首领和鄂尔勒克最终做出了西迁的重大决定。

按照历史发展观来看，西迁在当时是个非常明智的选择，客观上缓解了四卫拉特争夺草场的内部矛盾，为卫拉特其他部落的发展创造了有力的物资条件。也充分体现出了土尔扈特人平等包容的性格与“群居和一”的思想意识。

为了寻找新的生存环境，土尔扈特部族中的大部分人离开新疆塔尔巴哈台故土，越过哈萨克草原，渡过乌拉尔河，来到了当时尚未被沙皇俄国占领的伏尔加河下游、里海之滨。

在这片人烟稀少的草原上，他们开拓家园，劳动生息，建立起游牧民族的封建政权土尔扈特汗国。他们虽然远离故土，却时刻思念着故土和亲人。在以后的100多年里，土尔扈特人始终保持着与清朝政府的关系。

迁徙到伏尔加河流域140多年后的1771年1月，渥巴锡率众又踏上了举世闻名的重返祖国的东归征程。土尔扈特部决心返回故土，主要原因来自沙俄帝国政治、经济、文化上的巨大压力。这一时期局势十分紧张严峻，从文化方面来说，土尔扈特人全民信仰藏传佛教，沙俄政府迫使他们信仰东正教，土尔扈特人在精神上绝对不能接受。还有一个很重要的原因，就是土尔扈特强盛时期，他们的汗国与沙俄地位是平等的，沙俄强大以后，极力试图控制他们，要求他们俯首称臣，肆意剥削压迫土尔扈特人民。

综述以上几个方面的原因，在这样的形势下，土尔扈特人如何决定自己的命运，面临着一个严峻的考验和选择。于是，摆脱沙俄的压迫，重返祖国故土就成了土尔扈特人民心里的期盼和夙愿。

渥巴锡正式发动武装起义，他跨上战马、率伏尔加河南岸土尔扈特部3.3万余户，16.9万人，赶畜群，携辎重，自伏尔加河下流起程归国，分三路浩浩荡荡踏上了艰难险阻的万里归途。居住于北岸的1.4万户土尔扈特部因来不及会合，未能成行，后为俄国卡梅尔克人。成千上万的妇孺和老人乘着马车、骆驼和雪橇，离开了伏尔加河畔，离开了他们寄居将近一个半世纪的异乡，用他们的话说：到东方去、到太阳升起的地方去寻找新的生活。

渥巴锡亲自率领一万名土尔扈特战士断后。他带头点燃了自己的木制宫殿，刹那间无数村落也燃起了熊熊烈火。这种破釜沉舟的悲壮之举，表现了土尔扈特人将一去不返，同沙俄彻底决裂的决心。

东归路，风沙连成漩涡，
步步难，心被寸寸折磨，
揽丝缰，不许烈马回头望，
任凭亲人骸骨，永埋他乡异国，
赤子心，谁能夺，收泪扬鞭纵悲歌，
故国白云青青草，依稀牛羊遍山坡。

英勇的渥巴锡率土尔扈特人浴血奋战，义无反顾。穿过冰封的乌拉尔河，进入大雪覆盖的哈萨克草原，在漫长的征途中，疲惫不堪的队伍扶老携幼，在艰难中冲破重重阻挠继续东进。他们战胜了沙俄、哥萨克和哈萨克等军队不断的围追堵截，沿途经过多次战争，加之长途跋涉，疾病饥饿，人员牲畜伤亡，战胜了难以想象的艰难困苦，承受了极大的民族牺牲。历时近半年，行程上万里，终于实现了东归壮举。根据清官档案《满文录副奏折》的记载，离开伏尔加草原的近十七万土尔扈特人，经过一路的恶战，加上疾病和饥饿的困扰，“其至伊犁者，仅以半计”。就是说，约有八九万人牺牲了生命。

公元 1771 年（清乾隆三十六年）五月二十六日是一个永远载入史册的日子，渥巴锡所率领的土尔扈特部起义军在经历了千辛万苦的八个多月的长途跋涉之后，终于在这一天与前来迎接他们回家的清军会合。至此，民族英雄渥巴锡终于完成了领导土尔扈特部武装起义、东返故土的历史任务，创造了举世闻名的民族大迁徙的奇迹。

为了妥善安置归来的土尔扈特部众，清政府指派官员勘查水草丰美之地，将巴音布鲁克、乌苏、科布多等地划给土尔扈特人作牧场，让他们能够安居乐业。最后确定的游牧地为“渥巴锡所领之地”，也称旧土尔扈特。

土尔扈特人举部回归的壮举，深深感动了全国人民，各地纷纷捐献物品，供应土尔扈特人民。清政府也拨专款采办牲畜、皮衣、茶叶粮米，接济贫困中的土尔扈特人，帮助他们渡过难关。《优恤土尔扈特部众记》及《满文录副奏折》都有详细记录。为了帮助困苦的土尔扈特人民在祖国安居，清廷拨给帑银20万两，并责成地方官员妥善解决他们的生活困难，新疆、陕西、甘肃、宁夏、内蒙古等地各族人民还提供了马牛羊20余万头、米麦4万多石、茶2万余封、羊裘5万多件、棉布6万多匹以及大量的棉花、毛毡庐等物资，体现了各族人民的友谊与祖国的温暖。

在西迁和东归的伟大历程中，以和鄂尔勒克、渥巴锡为典型代表，彰显出土尔扈特蒙古人以和为贵、宽容忍让、仁爱坚毅的品格。在紧要关头能够顾全大局、团结协作、不畏艰难，体现出创造家园的开拓精神及维护和谐统一的爱国精神，是值得后人充分发掘、精心提炼和发扬光大的。

尤其是东归精神，早已得到世界的普遍认同。

时间虽然过去了两百多年，然而，人们没有忘记东归的英雄，他们的事迹成为经久不衰的学术研究课题。中外很多学者，都赞颂土尔扈特人民，重返祖国的英雄壮举。东归英雄们的史诗将永远被传唱下去。

英国作家德昆赛说："有史以来，世界上没有一个民族像卡尔梅克（土尔扈特）那样为了自己的祖国，以震撼世界并激动人心的伟大气魄，穿越一望无际的亚洲草地，实现回归祖国的伟大壮举。”

俄罗斯著名诗人普希金在他的《普加乔夫史》一诗中写道:“启程东返的土尔扈特,何惧萨拉达斯的威胁,在蒙古人勇猛顽强的抵抗下,敌人夹着尾巴逃跑。离开遥远的额济勒河(伏尔加河),回到了故乡伊犁河。”

20世纪30年代的美国小说家芮弗说:“在我看来,土尔扈特人的悲壮之举不是消失在历史上的传奇交界地区的一个孤立事件,而是人类永恒地追求自由与和平的一个真实范例,是值得我们传诵的一部伟大叙事史诗。”

新疆维吾尔自治区政协原主席浩·巴岱说:“东归事件是人类历史上最后一次大迁徙,东归精神是中华民族十分宝贵的精神财富。两百多年来,东归精神一直鼓舞着我们热爱祖国,热爱家乡。东归行动是世界罕见的爱国主义行动,东归精神是不朽的民族精神、爱国主义精神。这是一个震撼世界的重大历史事件,又是一部可歌可泣的英雄史诗。这部英雄史诗充满了忘我的牺牲精神。这种崇高的爱国主义精神,理所当然地引起了世人的关注。古今中外许多的历史学家、文学家著书立说,歌颂了这个震撼世界的伟大行动。”

回归之后,土尔扈特蒙古人在生活的土地上勤劳生产,欢愉的生活,展现了土尔扈特蒙古人爱好和平、和谐向上的精神风貌。回归之后渥巴锡仍然以维护民族团结、维护祖国统一为重,甚至在其遗嘱中教育全体土尔扈特人:“安分度日……忽生事端。”这充分体现了渥巴锡的爱国主义情操。和平、发展是幸福生活的基石,因而也是土尔扈特部的祖先远离故土追求的目标,是各民族的共同愿望。240年来,尽管历经风雨坎坷,但土尔扈特人依然繁衍生息,不断进步发展。伟大的东归精神既是土尔扈特人的永恒财富,也是中华民族的永恒财富,也必将为全人类的历史所铭记。东归文化孕育出了不屈不挠和高度自信的精神风范,特别是改革开放的今天,传承和演绎这种东归精神,与时代精神相契合是激励和静县各族人民奋发图强、振兴祖国的强大精神动力,也是构成新时代精神文明建设的重要内容。

随着巴音布鲁克旅游业的发展,今天的土尔扈特人半牧半商,在发展牧业的同时,很多牧户做起了旅游生意,组成合作社,幸福、安然地生活在祖国的大家庭里。在九曲十八弯,一片洁白的毡房像雨后冒出的一片蘑菇坐落在绿茵茵的草原上,远远望去,又如一片云朵落在了人间,北面的山腰上也缠绕着缥缈的云,毡房升起的炊烟飘向远处山间的云。我住的毡房主人是一个叫哈西的美丽小姑娘,20岁,在库尔勒上完护校又回到了草原。她说她热爱巴音布鲁克,爷爷、爸爸、一家人世代都在生活在这里。我提起渥巴锡的名字,她笑了,红红脸上洋溢着自豪:“渥巴锡!”

1775年1月9日,渥巴锡病逝,终年33岁。

英雄已逝,但精神永存。在和静县,在巴音布鲁克,东归精神如生生不息的开都河水,行走在祖国大地上!

而那历经千难万险、死亡与血腥联袂组成的万里归途,则变成了一首慷慨悲壮的民族精神颂歌《东归颂》——

东归东归向着祖国
剑影刀光骏马奔腾
一部英雄史诗我的骄傲
我的骄傲渥巴锡
啊 一部英雄史诗
我的骄傲渥巴锡

东归东归向着故乡
辽阔草原苍狼驰骋
一场血染风采我的骄傲
我的骄傲渥巴锡
啊 一场血染风采
我的骄傲渥巴锡

东归东归向着天山
富饶流域天鹅优雅
一座民族丰碑我的骄傲
我的骄傲渥巴锡
啊 一座民族丰碑
我的骄傲渥巴锡

夕阳如血。极目眺望被晚霞染红的九曲十八弯尽头，我仿佛依稀看见英雄渥巴锡策马奔驰的身影。开都河，这弯弯曲曲的河流，是否已是今天的土尔扈特人的血脉之河？